Erotische Herrschaft und Unterwerfung Bd. 6

Erika Sanders

Serie

Herrschaft und erotische Unterwerfung

AF603912

©Erika Sanders, 2025

Titelbild: © krivitskiy- Pixabay, 2025

Erstausgabe: 2025

Alle Rechte vorbehalten. Die vollständige oder teilweise Reproduktion des Werks ist ohne ausdrückliche Genehmigung des Urheberrechtsinhabers untersagt.

# Zusammenfassung

Dieser Band enthält drei inhaltliche romantische und erotische BDSM-Titel.

**- Dominiert von seinem jungen mexikanischen Angestellten**:

Patrick besitzt einen Frozen-Joghurt-Laden, in dem mehrere Mitarbeiter arbeiten.

Unter diesen Angestellten ist eine junge Mexikanerin, Katy, mit der Patrick schon mehrmals phantasiert hat.

Eines Tages, während sie auf Kunden warten, entsteht ein Gespräch, das Patrick nie vorhergesehen oder erwartet hat ...

**- Nazi-Schlampe:**

Paris Ende 1940.

Gestapo-Hauptquartier.

Die Abteilung FEM1 ist die Abteilung, in der die von der Gestapo gefangenen weiblichen Gefangenen befragt werden.

Vicky ist die Leiterin einer Abteilung, die sich ausschließlich aus lasziven Frauen zusammensetzt, die über die Ankunft eines neuen Gefangenen informiert werden ...

**- Deep Throat (BDSM):**

Julieta ist eine Ermittlerin, die zur Lösung ihrer Fälle nicht zögert, bei Bedarf ein wenig gegen die Regeln zu verstoßen.

Ihre Schwester Barbara stellt sie ein, weil sie in ihrer Firma ein Problem mit sexueller Erpressung hat.

Sie möchte, dass Julieta einige kompromittierende BDSM-Videos findet und sie löscht.

Als Julieta diese Videos löscht, ist sie neugierig und beginnt, sie abzuspielen.

In ihnen sieht er seine Schwester in BDSM sexuellen Handlungen, die ihn zu faszinieren beginnen ...

**Dominiert von seinem jungen mexikanischen Angestellten, Nazi-Schlampe** und **Deep Throat (BDSM)** sind Geschichten mit starkem erotischen BDSM-Inhalt und gehören wiederum zur Erotic Domination-Sammlung, einer Reihe von Romanen mit hohem BDSM-Gehalt.

(Alle Charaktere sind 18 Jahre oder älter)

# Anmerkung zum Autorin:

Erika Sanders ist eine international bekannte Schriftstellerin, die in mehr als zwanzig Sprachen übersetzt wurde und ihre erotischsten Schriften, weit entfernt von ihrer üblichen Prosa, mit ihrem Mädchennamen signiert.

# Index:

# EROTISCHE HERRSCHAFT UND UNTERWERFUNG BD. 6

ERIKA SANDERS

# DOMINIERT VON SEINEM JUNGEN MEXIKANISCHEN ANGESTELLTEN

# KAPITEL 1

Ein früher Frühlingsregen traf den Parkplatz und senkte die Temperatur auf ein neues Tief.

Im Eisjoghurtladen teilte Katy einen der runden Tische mit ihrem Chef Patrick Adams und wartete auf Kunden, die wussten, dass sie aufgrund des schlechten Nachmittagswetters selten auftauchen würden.

Die dunklen Gewitterwolken aktivierten die elektronischen Sensoren für die Parkplatzbeleuchtung und brachten etwas Licht in die Dunkelheit draußen.

In dem hell erleuchteten Zelt lächelte Patrick über das leichte Erröten auf Katys Wangen.

"WOW, was liest du, das dich erröten lassen kann?"

"Porno", antwortete Katy und sah ihn direkt an, obwohl ihre Wangen vor Verlegenheit gerötet waren.

Als Patrick lachte, sah er, wie seine Verlegenheit nachließ, als sich seine Augen verengten.

"Was ist daran so lustig?"

Patrick überlegte, wo er anfangen sollte, die lustigen Dinge aufzulisten, die seine Antwort hatte.

Katy Gonzales hatte alles, um sehr unschuldig zu sein.

Ihr fröhliches Auftreten passte zu ihrer dunklen Haut und ihren dunklen Haaren, schwarzen Augen und Sommersprossen auf dem Nasenrücken.

Er stellte sie ein, weil sie fröhlich und eine sehr gut aussehende Mexikanerin war, und das gefiel den Kunden in der Gegend.

Schnell und intelligent lachte sie leicht und behandelte unhöfliche Kunden mit einer Geduld, die man von einem Zwanzigjährigen nicht erwarten würde.

Er hat einmal versucht, ihr einen Gastplatz in einer ihrer Fantasien zu geben.

Er streichelte seinen harten Schwanz und stellte sich ihre nackten Brüste vor, bevor er aufgab und sie durch jemand anderen ersetzte.

Katy Gonzales war zu gut, um in einer seiner masturbatorischen Freuden zu spielen.

"Nun, wie du rot geworden bist", sagte er.

"Also, was trägst du, wenn du es selbst machst? Wahrscheinlich Videos, oder?"

"Normalerweise", sagte sie und fragte sich, ob ihre Wangen auch rosa wurden. "Also, was für Dinge liest du, erotische Romanzen?"

"Hey, du bist noch nicht mal nah dran. Sag mir, welche Art von Porno du gerne siehst und ich sage dir, was ich gerne lese."

In Anbetracht seines Zustands fühlte Patrick eine Aufregung in seinem Schoß, als er sich vorstellte, die Wahrheit zu sagen.

Er würde nicht.

Auf keinen Fall.

"Das übliche Zeug", bedeckte er sich damit und bekam einen anderen stählernen Blick von ihr. "Im Ernst und nur von Mann zu Frau. Jetzt sind Sie dran."

Ihre Antwort überraschte ihn.

"Hauptsächlich erotisch hartes BDSM".

Als Patrick wieder anfing zu lachen, bekam er einen weiteren scharfen Blick, aber er konnte nichts dagegen tun.

Die Idee, dass dieses süße, unschuldige Mädchen etwas Hartes liest, war an sich schon lustig genug, aber BDSM?

Er bemühte sich aufzuhören zu lachen.

"Es tut mir leid. Ich weiß es einfach nicht, ich habe diese Antwort nicht erwartet." Katy schien von ihrem Lachen nicht verletzt zu sein, sie sah wütend aus. Seine Freude ließ nach. "Also, was ist die Anziehungskraft, die dies für Sie hat?"

"Behalten Sie die Kontrolle", sagte er. "Lassen Sie die Leute die Dinge tun, die ich will."

Patrick lachte erneut.

Er mochte Katys Persönlichkeit, aber es war ihre Arbeitsmoral, die Raum für Verbesserungen bot.

Sie war faul, sie zeigte nie ein einziges Führungsmerkmal.

"Wie was?"

"Alles. Alles", antwortete Katy mit einem Achselzucken. Fremde Dinge. Je fremder desto besser. In seinen Augen war ein entfernter Ausdruck zu sehen, als er einen Punkt an der Wand direkt über seiner Schulter betrachtete. Sie schauderte. "Ich denke, es wäre schön, einen echten Sexsklaven zu haben."

"Nun, lassen Sie es mich wissen, wenn Sie Bewerbungen von alten Männern in den Vierzigern annehmen."

Wieder einmal überraschte ihn ihre Antwort.

"Bieten Sie sich an?"

Patrick dachte lange über die schöne mexikanische Brünette nach.

Könnte sie es ernst meinen?

"Was ist, wenn Sie nicht scherzen?" Er hat gefragt.

"Was ist, wenn ich nicht Mr. Adams bin? Wollen Sie wirklich ein Werkzeug ohne Rechte sein, das gezwungen ist, mich ohne das Versprechen der Befreiung anzubeten und alle meine Wünsche zu erfüllen, egal wie krank oder verdreht sie auch sein mögen?"

Er hielt ihren Blick fest, bevor er lachte.

"Nun, wer ist der Joker?"

"Zeig es mir", sagte sie und lächelte nie.

"Zeige, dass?"

"Du hast mich gehört. Wenn du das machen willst, dann lass es uns machen. Zeig es mir. Genau hier. Genau jetzt."

"Du würdest verrückt werden, wenn ich es tun würde."

"Nein, würde ich nicht. Aber ich hätte dich in meinen Dienst aufgenommen."

"Was meinst du mit 'würde'?"

Sie tätschelte seine Hand.

"Sklaven müssen stark sein, Mr. Adams."

"Wollen Sie damit sagen, dass ich schwach bin?" erkundigte er sich und fragte sich erneut, ob es ein Spiel war.

"Ich sage, dass Sie nicht für ein Leben lang im Dienst sind und dass Sie es gerade bewiesen haben."

"Frag mich nochmals."

"Falsche Antwort", lachte er.

Er brauchte einen Moment, um zu verstehen, warum es falsch war.

"Es tut mir leid", sagte er und erkannte, dass es nicht seine Aufgabe war, sie um irgendetwas zu bitten.

"Danke, das ist besser", gab er zu.

Sie legte den Kopf zur Seite und dachte einen Moment lang mit einem halben Lächeln darüber nach.

"Es wird hart für mich und wir können es erneut versuchen."

Patrick spürte, wie seine Willenskraft nachließ.

Sie hatte eine Mitgliedschaft im Fitnessstudio gekauft, in der Hoffnung, Frauen mit höherem Kaliber kennenzulernen.

Drei Monate lang arbeitete er an seinem Körper mittleren Alters.

Er spannte und straffte seinen Körper auf eine Weise, wie es die zwanzigjährige Version von ihm nie getan hatte.

Er war stolz auf seinen neuen Körper und wurde jedes Mal frustriert, wenn er Zeit mit einer anderen Frau in seinem Alter verbrachte.

Er hatte es besser verdient, aber drei Monate nachdem er es getan hatte, war er müde.

Als er auf die Vorderseite seiner Khaki-Arbeitshose schaute, bemerkte er die Anfänge einer Erektion.

"Weißt du, ich werde das wirklich richtig machen?"

"Ich freue mich darauf", sagte sie lächelnd, als ihre Augen zu seinem Schritt flackerten.

"Willst du ins Hinterzimmer gehen?" fragte er und fühlte, wie seine Erektion akzeptable Längen erreichte.

"Nein. Genau hier. Genau jetzt. Steh auf, zieh deine Hose aus und zeig es mir. Wenn du nicht hart bist, ist der Deal aus."

"Was ist, wenn ich es bin?"

Er beugte sich über den Tisch, legte sein Kinn auf seine Handfläche und hielt ihren Blick fest.

"Dann ist es Zeit für dich, für mich zu spielen. Jetzt zeig es mir, Schlampe."

Auf der Abfahrtsseite der vierziger Jahre war er dafür zu alt.

Er wusste es besser als jeder andere.

Er riskierte seinen Ruf und seinen Job.

In ihren frühen Zwanzigern war Katy zu attraktiv und lebhaft, um ihn zu wollen.

Ich wusste, dass dies nur ein Spiel für sie war.

Was wäre, wenn es so wäre?

Das Risiko seiner Zukunft hielt ihn nicht auf, obwohl er Wochen, bevor es geschäftig wurde, ein gutes Teammitglied verlieren könnte.

Aber das Leben besteht aus kleinen Entscheidungen, die im laufenden Betrieb getroffen werden.

Sie arbeitete an ihren Schritten und schnallte ihren Gürtel ab.

Auch der Knopf oben auf ihrer Khakihose und öffnete sie, als er sie ansah.

Katy hielt seinen Blick fest, ihre Augen verließen nie seinen.

Sie griff in seine Unterwäsche und legte ihre Hand auf den langen, festen Stab seiner Männlichkeit.

Er streichelte das Instrument seines Vergnügens und fragte sich, wie er reagieren würde.

Obwohl er nicht mit Pornostar-Proportionen gesegnet war, schämte sich Patrick nicht für seine Länge oder seinen Umfang.

Er wusste, dass er mehr als die meisten hatte und diejenigen mit mehr als ihm waren wenige.

Er ließ den Kopf unten die endgültige Entscheidung treffen und stand auf.

Katys Augen folgten seinen, als sie aufstand.

Patrick sah sich auf dem dunklen, leeren Parkplatz um.

Jemand konnte in der Nähe der Fenster gehen, aber niemand hatte dies in der letzten Stunde getan.

Er zog seine Hosen und Boxer herunter und setzte seinen harten Schwanz der jungen Frau aus.

Sie stand mit den Händen in den nackten Hüften und nickte.

Katys Blick glitt über seinen Körper, bis ihr Blick auf seine geschwollene Männlichkeit fiel.

Das Nicken, das sein Schwanz ihrem Blick gab, war unfreiwillig.

Ihr ernster Gesichtsausdruck änderte sich nie, obwohl er sah, wie sich die Pupillen ihrer Augen weiteten.

Er grinste.

"Jetzt wichst du", sagte sie zu ihm.

"Jetzt hier?"

Ihre Augen kehrten zu seinen zurück, schmal und intensiv.

"Ich habe mich nicht sehr gut ausgedrückt?"

Nachdem er sich den Parkplatz noch einmal angesehen hatte, streichelte er seinen harten Schwanz vorsichtig.

Ja, er war hart, aber war er aufgeregt genug, um schnell einen Orgasmus zu erzeugen?

Er streichelte weiter.

Sie starrte ihn an und beobachtete, wie sich seine Hand mit demselben unvoreingenommenen Gesichtsausdruck bewegte, als würde sie ihm beim Lesen oder Ausfüllen von Papieren zuschauen.

Trotzdem sah sie ihn an.

Er spürte eine Emotion in sich aufsteigen, die ihn dazu veranlasste, weiterzumachen.

Er blickte zurück auf den leeren Parkplatz und sah an ihm vorbei zu den Autos, die durch die Mitte fuhren.

Das war verrückt.

Jemand konnte sehen.

Nicht von der Autobahn, aber wenn sie in die Innenstadt kämen, würden sie es tun.

In dem hell erleuchteten Laden war es für jede Mutter zu sehen, die Besorgungen machte, während die Kinder studierten, oder für Rentner, die zu gelangweilt waren, um fernzusehen.

Was ist mit deinen Nachbarn?

Er arbeitete schneller an seinem Schwanz.

Je früher er kam, desto eher konnte er sich anziehen.

Er spürte, wie seine Aufregung zunahm.

Er war nah dran und kam schneller als erwartet an.

Eine Woche unfreiwilligen Zölibats wirkte sich zu seinen Gunsten aus.

"So nah", murmelte er.

"Komm auf den Tisch", sagte Katy und beobachtete seinen Gesichtsausdruck ebenso wie ihre Hände, die an seinem harten Schwanz arbeiteten.

Es gab einen Hauch eines Lächelns in seinem rechten Mundwinkel und ein Funkeln in seinen blauen Augen, als er seinen Höhepunkt erreichte.

Sein Schwanz explodierte und sprühte seinen Orgasmus in einer lockeren Linie von einem Ende des Tisches zum anderen.

Katys Lachen war nicht die Reaktion, die sie erwartet hatte.

"Es war gut", sagte sie. "Jetzt leck es."

Nachdem ihm ein letzter Schauer des Vergnügens über die Schultern lief, starrte Patrick sie mit großen Augen und hochgezogenen Brauen an.

Er betrachtete sein Sperma, das in einem welligen Strom aus tropfpunktierten Linien und kleinen Pfützen auf dem Kunstmarmortisch angeordnet war.

Er wusste, dass der Tisch sauber war, er achtete genau darauf, sein Geschäft sauber zu halten.

Sein breites Lächeln sagte ihr alles, was sie wissen musste.

Sie glaubte nicht, dass er es tun würde.

Mit ihren Hosen und Unterwäsche immer noch um die Knie, seinen harten Schwanz haltend, beugte sie sich vor und leckte das Chaos, das sie produziert hatte.

Er arbeitete von einem Ende des Tisches zum anderen und testete die Formica-Platte sowie den ausgeworfenen Samen.

Er sah auf und überblickte den Parkplatz und die Haustür.

Niemand hatte es gesehen.

Als er fertig war, zögerte er, bevor er seine Hose hochzog.

"Kann ich mich anziehen?"

"Du lernst schnell", sagte er.

Sie packte seine Eier und beobachtete, wie seine Hand sie einen Moment lang streichelte, bevor sie ihn ansah.

"Wenn wir das tun, besitze ich das. Bist du sicher, dass du das willst?"

"Ja Ma'am."

Sie streichelte seinen immer noch harten Schwanz.

"Geh gegen diese Wand und warte auf mich", sagte sie, als hätte sie sich entschieden.

Patrick hatte seine Hose immer noch um die Knie gelegt und war jedem ausgesetzt, der fahren oder an seinem Geschäft vorbeikommen könnte. Er ging dorthin, wo sie es angegeben hatte.

Hinter der Theke nahm Katy ihr Handy aus der Tasche.

Handys waren während der Arbeitszeit nicht erlaubt.

Sie schaltete es ein, richtete ihre Kamera auf ihn und machte ein Foto, bevor sie sich vor ihn stellte.

"Zieh dich an", sagte er und lehnte sich am Tisch zurück.

Patrick zog sich wieder an und schloss sich ihr an.

Katys Handy zeigte ein Bild von ihm neben dem Logo an der Wand.

Unter dem Bild befanden sich zwei Schaltflächen zum Speichern und Löschen.

Sie stellte das Telefon vor ihn.

"Jetzt deine Wahl. Ein Knopf führt zu deiner Zerstörung. Der andere?" Sie zuckte mit den Schultern. "Ich denke, das andere bedeutet, dass ich gerade eine kostenlose Show bekommen habe."

"Meine Zerstörung?"

Katy bedeckte das Telefon mit ihrer Hand.

"Ich meine es ernst, Mr. Adams. Meine Aufgabe ist es, Ihre Grenzen zu finden und Sie darüber hinaus zu treiben. Je mehr Sie sich winden, desto mehr Spaß macht es mir. Disziplin ist nur ein Teil des Geschäfts. Wenn Sie mich im Stich lassen, werde ich senden." das Foto zur Unternehmenszentrale. "

"Es ist jedoch ein Sexspiel, oder?"

"Für einen von uns wird es sein."

Als sie ihre Hand bewegte, drückte er die Schaltfläche Speichern.

# KAPITEL 2

"Regenschirm ist dein sicheres Wort", sagte er, nahm sein Handy vom Tisch und steckte es in die Tasche.

Er erklärte, was ein sicheres Wort bedeutete, wie er sie die einzige Geliebte nennen würde, wenn sie allein waren, und den Unterschied zwischen dem Leben in der Welt und dem "Sein" der Welt.

"Du lebst in dieser Welt, aber du bist nicht länger seine. Du hast keine Rechte. Niemand sollte von unserer Vereinbarung wissen. Lüge alle außer mir an."

Als er seine Liste mit Anweisungen und Regeln durchging, begannen Patricks Zweifel.

Sie hatte deutlich detaillierter darüber nachgedacht, als er es sich vorgestellt hatte.

Als er fertig war, holte er sein Handy wieder heraus und das Foto von ihm stand vor dem Logo.

Auch hier gab es zwei Möglichkeiten: Erhöhen oder Abbrechen.

"Wenn Sie auf Hochladen klicken, wird es in einem privaten Ordner im Internet gespeichert. Wenn Sie auf Abbrechen klicken, löschen wir das Bild von meinem Telefon und vergessen alles."

Er zögerte, bevor er die Last drückte.

"Du bist eine dumme, verdammte Schlampe", sagte sie lachend und ging zurück zur Theke.

Er nahm an, dass sie ihr Handy weglegte.

Stattdessen brachte sie ihre Tasche zurück zum Tisch und setzte sich.

"Kannst du wieder hart werden?"

"Ja", sagte er, die Vorfreude auf seine nächste Bestellung erregte ihn.

"Gut. Wirf deine Unterwäsche weg, du wirst sie nicht mehr brauchen und lass mich sehen, wie schwer du wieder anziehen kannst."

Patrick erkannte seine mangelnde Auswahl an, zog seine Schuhe aus, zog Hose und Unterwäsche aus und warf seine Boxer weg.

Er saß mit nichts neben ihr und rieb sich wieder den Schwanz.

Es dauerte nicht lange.

"Gut. Zieh deine Hose an, falls jemand reinkommt."

Erleichtert, dass er sich anziehen durfte, zog er seine Hose wieder an.

"Danke, Herrin", murmelte er und benutzte zum ersten Mal seinen neuen Titel.

Unter der plissierten Front war seine Erektion immer noch offensichtlich.

"Hast du eine Kamera auf deinem Handy?"

"Ja, Herrin."

"Gut. Also musst du mir alle fünf Minuten ein Foto von deinem harten Schwanz schicken. Genau alle fünf Minuten. Und nicht ein Foto von ihr durch deine Hose, sondern von deinem nackten Penis, verstehst du?" Sie hielt ihre Handtasche in der Hand, holte ihre Autoschlüssel heraus und stand auf.

Patrick nickte.

"Wohin gehst du?"

"Das kannst du mich nicht mehr fragen, Schlampe."

"Es tut mir leid, Herrin", sagte er und fragte sich, wie er immer noch sein Chef bei der Arbeit sein könnte.

Gilt das noch?

Er durchsuchte das Menü seines Telefons, fand einen Timer und stellte ihn auf fünf Minuten ein.

In Gedanken versunken musste er seine Erektion für sein erstes Foto wiederbeleben.

Gelangweilt ging er durch den Laden und ging auf und ab, bis weitere fünf Minuten vergingen.

Diesmal wartete seine Erektion auf sein Foto.

Er öffnete es, zog seinen Penis heraus, machte das Foto und war damit beschäftigt, es zu verschicken, als sich einige Scheinwerfer über den Parkplatz bewegten.

Er bemerkte, dass er in Sichtweite des Autos war und sein harter Schwanz aus seiner Hose ragte.

Er drehte dem Fenster den Rücken zu, schickte den Text zu Ende und setzte seinen Schwanz wieder ein.

Bei nachfolgenden Warnungen auf seinem Timer blieb er vorsichtig.

Neunmal schickte er Katy Bilder von seinem harten Schwanz.

Nach dem zweiten schickte er den Rest aus der relativen Privatsphäre seines Backoffice, zuversichtlich, dass sie vor neugierigen Blicken sicher waren.

Er machte sich bereit, sein zehntes Foto des Nachmittags zu machen, als sich die Servicetür öffnete.

Er wandte sich von der offenen Tür ab, fummelte an seinem Telefon herum, versteckte seinen Schwanz und ließ sein Telefon auf den Boden fallen, bevor er Katys Lachen hörte.

"Dreh dich einfach um", sagte er.

Er tat es, sein harter Schwanz ragte aus ihrer Öffnung heraus.

Er sah das entzückte Lächeln auf ihrem Gesicht und es fühlte sich gut an, ein Teil von ihr zu sein.

Katy ging um ihn herum und fuhr mit ihren Händen über seinen Körper.

Sie packte seine Brust, drückte seinen Arsch und drückte aus irgendeinem Grund eines seiner Ohren.

Sie stand vor ihm und streichelte seinen harten Schwanz.

Es fühlte sich seltsam an, dass dieser junge Angestellte ihn so innig berührte.

Sie war viele Zentimeter kleiner als er und sah zu, wie er seinen Schwanz rieb.

"Du warst ein guter Junge", sagte er. "Alle fünf Minuten, genau zu der Zeit, haben Sie mir ein Bild geschickt. Das verdient eine Belohnung. Wussten Sie, dass ich gerne Schwänze lutsche, Mr. Adams?"

"Nein Ama", sagte er und sein Schwanz pochte in seiner Hand.

"Mm yeah. Ich liebe das Gefühl eines schönen langen harten Schwanzes zwischen meinen Lippen. Wissen Sie das Beste daran, an einem Schwanz zu saugen, Mister Adams? Das Gefühl, dass er in meinem Mund explodiert. Verdammt, ich liebe dieses Gefühl. Ich Ich werde nass, wenn ich nur daran denke. Wäre das eine gute Belohnung, Mr. Adams? Möchten Sie meine warmen, nassen Lippen um Ihren harten Schwanz spüren?

"Ja, Herrin", sagte er, obwohl er sicher war, dass sein pochender Schwanz die Antwort für sie war.

"Oder vielleicht möchten Sie mich lieber nackt sehen. Möchtest du das, Mister Adams? Willst du sehen, wie ich nackt aussehe? Ich weiß, ich habe keine großen Brüste, aber sie sind frech und meine Brustwarzen sind wirklich lang. Jeder liebt meine Brustwarzen. Magst du die Rasierte Muschi? So halte ich meine schön glatt. Wollen Sie mich nackt sehen, Mr. Adams? "

Er spürte, wie sein Mund trocken wurde.

Hat sie ihn betrogen?

Gab es eine Antwort, die besser war als eine andere?

"Ja, Herrin", wiederholte er aufgeregt von der Idee.

"Hm, was soll ich tun, Mr. Adams? Soll ich Sie absaugen oder Sie mich nackt sehen lassen?"

Sein Bedürfnis war sehr gewachsen.

Er war gezwungen zu wählen und wählte die Antwort, die einen Orgasmus in seinem Mund beinhaltete, für sich.

Sie sah ihn mit hochgezogenen Augenbrauen an und wartete auf eine Antwort auf ihre Frage.

"Ein Blowjob wäre gut, Ma'am."

"Falsche Antwort", sagte sie und rieb sie immer noch. "Möchten Sie es ein zweites Mal versuchen?"

"Sie nackt zu sehen wäre ein Privileg, Ma'am", korrigierte er schnell.

"Das stimmt, es sollte ein Privileg sein, mich nackt zu sehen, aber es ist immer noch die falsche Antwort."

Patrick fühlte sich verloren und verwirrt.

Wie konnten beide Antworten falsch sein?

Sie ignorierte den verwirrten Ausdruck in seinem Gesicht und drängte sich vorwärts.

"Zieh dich aus", sagte sie zu ihm, trat zurück und sah zu, wie er sich auszog.

Er zog alles aus, von seinem Logo-Shirt bis zu seinen Schuhen und Socken.

"Okay, jetzt bück dich und schnapp dir deine Knöchel."

Er tat, was ihm gesagt wurde, und wusste nicht, was ihn erwarten würde, bis es passierte.

Katy verprügelte ihn mit einem der langstieligen Spatel, mit denen die Joghurtmaschinen gereinigt wurden.

Das Werkzeug in Restaurantqualität gab einen lauten Knall von sich, als es von seinem linken Hintern abprallte.

Einen Moment später spürte er den Stich ihres Angriffs.

Sie folgte ihm mit einem zweiten Schlag auf das rechte Gesäß.

Wieder einmal erlebte er eine kurze Verzögerung, bevor sein Körper den Schmerz des Schlags registrierte.

Immer wieder schlug sie ihn, wechselte das Gesäß und die genauen Stellen, bis sich ihr Hintern heiß und brennend anfühlte.

Er zuckte bei jedem Rückschlag zusammen.

Endlich hörte es auf.

"Halten Sie Ihre Augen nach vorne", befahl er.

Er blieb festgefroren und konnte nicht sehen oder erraten, was er tat, bis er es spürte.

Sie drückte etwas gegen ihren Anus.

Ich wusste nicht, worum es ging.

Er vermutete, dass es kein Finger war und sie hatte es irgendwie geschmiert.

Es fühlte sich unangenehm an, aber er war dünn und sie war freundlich, es in ihrem Anus zu bearbeiten.

"Lass es dort oder ich werde dich wieder schlagen", sagte er und löste das Rätsel.

Er hatte den Griff des Spatels in ihren Arsch geschoben.

Als sie ihn losließ, spürte sie, wie er drohte, von ihrem Hintern zu rutschen, drückte ihn und wollte, dass er an Ort und Stelle blieb.

Sie trat vor ihn, packte sein Kinn und drehte sein Gesicht zu ihrem.

Sie löste ein zweites Rätsel für ihn.

"Die richtige Antwort war 'Was auch immer du willst, Herrin.' Sie zog das provisorische Spielzeug aus ihrem Hintern und er hörte, wie sie es in die Spüle warf. "Du kannst nackt bleiben. Ich könnte beschließen, dich später zu belohnen."

"Danke Ma'am", sagte er und fühlte sich verletzlich und ausgesetzt.

Es klingelte und Katy trat vor und ließ ihn zurück.

Er hörte zu, wie sie mit ihrer üblichen Fröhlichkeit mit der Kundin sprach.

In der Hoffnung, dass das in Ordnung war, stand er auf.

Sein Arsch schmerzte, aber sein Schwanz war immer noch hart.

Den Rest des Tages verbrachte er damit, sich im Hinterzimmer zu verstecken.

Am Ende des Tages ging sie nach Hause und brauchte einen Orgasmus und eine Versorgungsliste in der Tasche.

"Ich rufe dich morgen an und wir beginnen dein Training", sagte sie und ließ ihn nackt im Hinterzimmer des Ladens zurück.

# KAPITEL 3

Es war halb zwölf Uhr morgens, als ihr Telefon mit einer Nachricht von Katy klingelte, die nach ihrer Adresse fragte.

Mittags erschien sie auf seiner Vordertreppe.

Patrick hatte seine Liste vervollständigt, seinen Schwanz und seine Eier rasiert und war voller Vorfreude, als er die Tür für sie öffnete.

Sie stand auf dem kleinen Flur, musterte ihn und fuhr mit ihrer Hand über seine Hose über sein rasiertes Fleisch.

Sein Schwanz tanzte um Aufmerksamkeit.

"Bist du in Not?" Sie fragte.

"Ja, Herrin." Er war so.

Er hatte die Nacht und seinen Morgen aufgeregt und hart verbracht.

"Willst du einen Orgasmus?"

"Sein Wille, Herrin", sagte er und achtete darauf, den Fehler von gestern nicht zu wiederholen.

Er sah sie lächeln und bemerkte ihre vorsichtige Antwort.

"Du lernst schnell", sagte sie, packte ihn am Schwanz und führte ihn zu ihrem kleinen Haus.

Es war ihr erster Besuch und sie bekam einen Rundgang durch den Bungalow mit zwei Schlafzimmern und zwei Badezimmern.

Sie schob ihn hinter sich, als sie von Raum zu Raum ging.

Patrick lebte seit seiner Scheidung allein und hielt seinen Raum akribisch sauber.

Sie blieb vor ihrer Kommode stehen.

"Öffne deine Unterwäscheschublade."

Als er die oberste Schublade öffnete, schüttelte sie den Kopf.

"Was ist das?" fragte sie und hielt eine Boxershorts hoch.

"Unterwäsche?" antwortete er verwirrt.

"Habe ich dir nicht gesagt, dass du sie nicht mehr brauchst?"

"Ja, Herrin", sagte er und wand sich.

Sie war seit weniger als zehn Minuten zu Hause und er hatte sie bereits enttäuscht.

"Was für ein Mann faltet seine Unterwäsche?" fragte er, zog jedes Paar Boxer heraus und warf sie durch den Raum.

Sie ließ ihn in ihrem Zimmer stehen und kehrte mit dem Päckchen Wäscheklammern von ihrer Einkaufsliste aus dem Hauptraum zurück.

Er öffnete die Packung mit den Plastikklammern und begann, die regenbogenfarbenen Klammern nacheinander an seinen Bällen zu befestigen.

Der Schmerz war exquisit.

Als er jeden Clip hinzufügte, schaukelte und pochte sein Schwanz.

"Los geht's", sagte sie und lehnte sich zurück, um seine Arbeit zu bewundern. "Zehn Paar Unterwäsche. Zehn Wäscheklammern. Jetzt nimm die Boxer mit deinen Zähnen und wirf sie weg."

Patrick stieg auf alle viere und kroch durch sein Zimmer.

Einer nach dem anderen nahm er ein Paar Boxer mit dem Mund, trug sie zum Mülleimer in der Ecke und ließ sie hinein fallen.

Die Wäscheklammern an seinen Bällen fühlten sich wie Bienenstiche an, aber sein Schwanz blieb hart.

Er war im letzten Paar, als sich eine der Wäscheklammern aus seinen Bällen herausarbeitete.

Alle Hoffnungen, die er hatte, dass sie es nicht bemerkte oder sich nicht darum kümmerte, verschwanden schnell.

"Wertloser Bastard", sagte er und hob den Plastikclip. "Steh auf."

Er hat es getan.

Sie ersetzte die Klammer und fügte jeder ihrer Brustwarzen eine weitere hinzu.

"Warte hier", befahl er und kehrte wieder in den anderen Raum zurück.

Sie drehte es um und band seine Hände mit einem Stück Seil hinter seinem Rücken fest.

Dann wickelte sie einen Schal um seine Augen und blendete ihn.

Mit ihren Händen auf seinen Schultern drehte sie ihn um und lehnte ihn an die Wand.

Er stand und hörte aufmerksam zu.

Er fühlte sie immer noch vor sich.

Wenn ich über seinen Nasenrücken schaute, konnte er seinen harten Schwanz, die Wäscheklammern an seinem Körper und seine Füße sehen.

Sie fühlte etwas Weiches an ihren Zehen und sah ein Paar Höschen auf ihren Fingern.

Einen Moment später wurden sie mit einem BH verbunden.

Sein Schwanz pochte, als er bemerkte, dass Katy sich ebenfalls ausgezogen hatte und hörte, wie sie sich zum Bett bewegte.

Er kämpfte gegen den Drang an, sein Kinn zu heben, damit er sein Bett sehen konnte.

Als er zuhörte, hörte er ihr leises Stöhnen vor Vergnügen und das leichte, feuchte Geräusch von Fingern, die eine Muschi rieben.

Er hörte sie nach Luft schnappen, als ein Orgasmus sie erreichte.

Als sie zwei ihrer Finger in seinen Mund steckte, schmeckte er zum ersten Mal ihr Geschlecht.

"Wenn du bereit bist, mich richtig zu bedienen, bin ich im Wohnzimmer. Zieh die Scheiße aus und mach mit."

Als er über ihren Nasenrücken schaute, sah er, wie sie ihr Höschen und ihren BH aufhob, bevor sie den Raum verließ.

# KAPITEL 4

Wenn er seine Hände bewegte, war es für ihn leicht, die Arbeit, die sie getan hatte, rückgängig zu machen, indem er seine Handgelenke verprügelte.

Es war interessant für ihn, dass sie ihn nicht fester gefesselt hatte.

Mit freien Händen entfernte er die Augenbinde.

Die offene Packung Wäscheklammern lag immer noch auf ihrem Bett.

Er entfernte die zwölf Pinzetten, die er trug, steckte sie wieder in die Tasche und ging in den anderen Raum.

Er fand Katy nackt am Esstisch, wo er die Vorräte auf seine Liste gesetzt hatte.

Ihr fester kleiner dunkler Hintern war so gebräunt wie ihr Rücken.

Sie drehte sich um, als sie ihn hörte.

"Du siehst gut aus", sagte er lächelnd.

"Danke, Herrin", sagte er.

Sein Schwanz pochte, als er es genoss, sie so schön nackt zu sehen.

"Tun die Eier weh?"

"Ein bisschen", gab er zu.

"Entspann dich", sagte er und öffnete ein paar Päckchen. "Das soll Spaß machen, erinnerst du dich?"

Er wollte fragen, wer, aber er schwieg.

So viele Spielsachen, überlegte er.

Als sie ihn ansah, tranken ihre Augen von der Schönheit seines nackten, jungen Körpers.

Er bewunderte ihre festen und frechen Brüste und die langen, harten Brustwarzen, die stolz aus diesen Zwillingswellen herausstanden.

Unter ihrem flachen Bauch sah er, dass sie rasiert war.

Ihre Muschi schien von ihrem letzten Orgasmus geschwollen zu sein.

"Hast du hier etwas zu essen?" fragte sie, drehte sich um und ging in ihre Küche.

Sie öffnete ihren Kühlschrank, als wäre es ihr.

Sie stellte zwei Tassen Joghurt beiseite und kramte in den Küchenschubladen, bis sie zwei Löffel fand.

Er zog an einem und hielt ihn vor seinen Schwanz.

"Masturbieren", sagte sie zu ihm.

Bedürftig begann Patrick seinen Schwanz zu streicheln.

Sie sah ihn zufrieden an.

"Fick dich heiß", sagte er.

Als sich ihr Orgasmus näherte, richtete sie ihren Schwanzkopf auf den offenen Joghurtbehälter.

Ihr musste nicht gesagt werden, dass sie hier ihren Orgasmus wollte.

Die Kraft ihres Orgasmus rührte den Joghurt.

"Gut", sagte sie und rührte den Joghurt um, bevor sie ihn mit dem Löffel in der Tasse überreichte.

Er nahm den anderen von der Theke.

"Mach weiter. Genieße", sagte er und löffelte den Joghurt, ohne ihn zu rühren, in seinen Mund.

Patrick aß sein, bewusst, dass er gleichzeitig sein Sperma aß.

Er war gedemütigt und aufgeregt von der Idee.

Katys Augen tanzten so offen über ihn, wie seine Augen sie absorbierten.

"Wie ist der Joghurt?" Sie fragte.

"Gut", sagte er, nicht sicher, ob er das Sperma probiert hatte.

"Wie lange wird es dauern, bis du wieder hart wirst?"

"Ich weiß nicht", gab er zu.

Sein Schwanz hatte seine Festigkeit verloren, aber er war immer noch fett und sah voll aus.

"Ich werde dich foltern, bis du wieder hart bist", sagte er, bevor er einen weiteren Löffel Joghurt zwischen seine Lippen schob.

Er fragte sich, ob sie noch aufregender aussehen könnte.

"Wie du willst, Herrin", antwortete er und erlebte eine seltsame Mischung aus Angst und Emotionen.

# KAPITEL 5

Sie trank ihren Joghurt aus, fand ein hohes Glas in ihrem Schrank und füllte es mit Wasser.

Er erkannte, wie er den Wasserfilter eingeschaltet hatte, bevor er das Glas füllte.

Er gab es ihr und sie sagte ihm, er solle trinken.

Nachdem er das Glas Wasser geschluckt hatte, füllte sie es wieder auf.

"Nochmal."

Sie brauchte länger, um das zweite große Glas zu trinken.

Er füllte das Glas zum dritten Mal.

"Nehmen Sie sich Zeit", sagte er, "es ist kein Rennen."

Er nahm einen Schluck Wasser und fühlte sich von den ersten beiden Gläsern aufgebläht.

Sie saß am Tisch und nahm das dünnste Seil auf ihrer Liste.

Es war ein Viertel Zoll Nylon.

Mit einer Schere schnitt er einen Meter lang und öffnete dann eine Packung Feuerzeuge.

Er wickelte das abgeschnittene Ende des Seils vorsichtig über die Flamme und verschmolz die Fäden miteinander.

Patrick war fasziniert.

Sie bewegte ihn näher und wickelte eine Seilschlaufe um seine Eier.

Während er zusah, machte sie eine einzelne Spule, führte das abgeschnittene Ende durch die Spule, um die Länge der Schnur und zurück durch die Spule.

"Es heißt Bowline-Knoten", sagte er zu ihr. "Es ist aus zwei Gründen gut. Erstens, weil es leicht zu lösen ist. Zweitens, wenn es fertig ist, wird es nicht fester."

Sie spannte das Seil um die Oberseite ihres Ballbeutels und beendete den Knoten.

Es war eng, aber es unterbrach den Kreislauf nicht.

"Siehst du?" Sie fragte.

Als sie am Seil zog, musste er sich auf sie zubewegen.

Er machte eine zweite Bogenlinie am gegenüberliegenden Ende des Seils und bildete eine zweite Schleife.

Er zuckte zusammen, als sie am Seil zog.

"Perfekt. Jetzt dreh dich um und beuge dich vor, ich habe darauf gewartet, diesen bösen Jungen zu testen."

Bevor sie sich umdrehte, sah Patrick, wie sie die Lederschaufel aufhob, die auf ihrer Liste stand.

Einige der Punkte auf seiner Liste erforderten einen Besuch in einem Fachgeschäft in einem unappetitlichen Teil der Stadt.

Das Geschäft bot vor allem Tätowierungen, Piercings, eine vollständige Reihe von "Tabak" -Accessoires und einen Bereich nur für Erwachsene mit einer großen Auswahl an "Ehe" -Hilfen an.

Zusammen mit der erwarteten Auswahl an Vibratoren, Dildos, Steckern und Schmiermitteln gab es einen ganzen Abschnitt, der Peitschen, Ketten, Schaufeln, Lederaccessoires und anderen Gegenständen gewidmet war, die ihn genauso entsetzt hatten, wie es ihn angemacht hatte.

Nachdem er einen Tag lang von Katy gehänselt worden war, fand er es sehr aufregend.

Dort fand er das Seil, die Kelle und viele andere Dinge, die auf dem Tisch lagen.

Katy schlug ihn mit der Schaufel und schlug ihn immer wieder, bis sein Arsch heiß wurde wie gestern.

Die Schaufel bedeckte beide Pobacken, obwohl sie ihr Ziel demonstrierte, indem sie zwischen ihnen wechselte.

Sie kicherte während sie arbeitete und als sie aufhörte, brannte ihr Hintern und war zart.

"Bist du schon hart?"

"Nein Ama", berichtete er.

Sie schlug ihn erneut.

"Trink noch etwas Wasser, ruhe dich aus und wir werden es in ein paar Minuten noch einmal versuchen."

Er stand am Tisch und sah zu, wie sie dickere Seile maß.

Nachdem er verschiedene Längen geschnitten hatte, schmolz er die Enden, bevor sie ausfransen konnten.

"Mit Streichern zu arbeiten ist eine Kunst." Sie sprach über Webseiten, die der Praxis gewidmet waren und wie sie mit ihrer Freundin übte. "Ich habe das noch nie betrogen, und wir haben nur mit einer Saite gespielt", erklärte er. "Sie ist nicht sehr gut im Binden, aber sie war so freundlich, mich üben zu lassen. Und ich denke, sie hat es gemocht."

Sie hob ihre Seile auf und zog einen Stuhl vom Tisch ins Wohnzimmer.

Er ließ Patrick auf dem Sitz auf Brust und Bauch liegen.

Sie arbeitete schnell mit den Seilen, band ihre Handgelenke an zwei Beine und tat dasselbe mit ihren Knien, wobei ihr Rücken ihr ausgesetzt blieb.

Sie kniete vor ihm und bot ihm einen Drink aus ihrem Glas Wasser an.

"Trink", sagte sie zu ihm und schüttete das Wasser schneller aus, als er trinken konnte.

Er bewegte sich hinter ihm und zog an dem Seil, das immer noch an seinen Bällen hing.

Patrick war machtlos, sie daran zu hindern.

"Bist du schon hart?"

"Keine Herrin", sagte er und fragte sich, wie er hart werden könnte, wenn sie ihn verletzen würde.

"Ah, das ist sehr traurig", sagte er und kehrte zum Tisch zurück, um sich eine Schaufel zu schnappen.

Sie gab ihm ein paar Schläge und erholte sich schnell von den stechenden Schmerzen ihrer vorherigen Prügelstrafe.

"Wie wäre es jetzt?"

"Keine Herrin", wiederholte er hilflos.

"Vielleicht hilft das."

Patrick spürte, wie ein Finger in seinen exponierten Hintern stieß.

Sie drückte so tief sie konnte.

Er zog seinen Finger heraus und tat es erneut mit einem zweiten Finger.

Sie drehte ihre Finger, streckte und schmierte ihn.

Sie ersetzte ihre Finger durch einen Butt Plug.

Sie griff zwischen seine Beine und streichelte seinen Schwanz.

Seine Finger waren immer noch rutschig vom Schmiermittel.

Sie rieb es, bis sein Schwanz wieder hart war.

"Viel besser", sagte er.

Sie stand vor ihm und nahm ihre Kleidung vom Sofa, auf dem sie sie gelassen hatte.

Sie zog es an.

Sie blieb stehen, um ihm noch einen Schluck Wasser zu geben, und tätschelte ihm den Kopf.

"Geh nirgendwo hin", sagte sie und er hörte sie gehen.

# KAPITEL 6

Patrick wusste nicht, wie lange er mit dem Butt Plug in seinem Arsch am Stuhl gefesselt war.

Er nahm an, dass es eine halbe Stunde dauerte, aber er hatte keine Möglichkeit, die Zeit zu messen.

Er versuchte zu zählen, die Zeit zu markieren, fand es aber schwierig, es konsequent zu tun.

Er zählte langsam und erreichte 622 Mal, aber er wusste, dass er noch zweimal die Zählung verloren hatte, als er dachte, sie würde bald zurück sein.

Und er war sich nicht sicher, wie lange er gewartet hatte, bevor er anfing zu zählen.

Irgendwann war er sich sicher. Fünf Minuten? Zehn?

Ihr Arsch schmerzte von der Tracht Prügel.

Sein Schwanz blieb geschwollen.

Scheiße, sie war so hübsch.

Wo war sie?

Wann würde ich zurückkehren?

Hast du wirklich Krawattenspiele mit deiner Freundin gespielt?

Welche Freundin?

Haben sie sich abwechselnd so gefesselt?

Er fing wieder an zu zählen.

Als er dreihundert erreichte, entschied er, dass es noch fünf Minuten waren.

Er war abgelenkt von der Notwendigkeit zu urinieren.

War es das, worum es im Wasser ging?

Er begann wieder zu zählen, zuerst von dreihundertein und entschied dann, dass es keine Rolle spielte.

Er startete das Konto erneut von einem.

Patricks Nase juckte.

Er bewegte es so gut er konnte.

Was wäre, wenn ihm etwas passiert wäre?

Wer würde es so finden und wie lange würde es dauern?

Er konnte schreien, aber noch nicht.

Er begann laut zu zählen.

"Eins zwei drei ..."

Es traf wieder sechshundert.

In besorgten Gedanken versunken erkannte er, dass er nicht mehr schwer war.

Verdammt, er konnte nicht zulassen, dass sie ihn so fand.

Er wollte, dass sein Schwanz nachwuchs.

Er stellte sich Katys nackten Körper, ihren hübschen Hintern und ihre frechen Titten vor.

Verdammt, er musste pinkeln.

Ihre Brustwarzen waren so fett und groß.

Wie hast du sie versteckt, als du bei der Arbeit warst?

Er lachte und stellte sich vor, wie sie durch die Tiefkühlabteilung eines Lebensmittelladens ging.

Verdammt, das wäre eine großartige Show!

Als er wieder anfing zu zählen, bewegte er seinen Schwanz mit jeder Nummer.

Teilweise, weil er urinieren musste und teilweise, um hart zu bleiben.

Er näherte sich hundert, als er hörte, wie sich die Haustür öffnete.

"Ah, du hast auf mich gewartet", sagte er. "Bist du immer noch hart, hoffe ich?"

"Ja, Herrin", sagte er erleichtert, sie zu hören.

Katy löste die Seile.

"Nun, steh auf, schüttle es ab und lass uns einen Blick darauf werfen."

Obwohl die Seile seinen Kreislauf nie behinderten, brauchte er dennoch einen Moment, um auf die Beine zu kommen.

Sein harter Schwanz hob sich stolz.

"Mm, das sieht gut aus", sagte er und rieb es.

Sie aß einen Apfel.

"Willst du etwas?" Sie fragte.

Sie rieb den Apfel an seinem Schwanz und seinen Bällen, bevor sie ihn ihm zum Beißen anbot.

Jedes Schmiermittel, das auf ihm war, muss von seinem Schwanz absorbiert worden sein, aber die Symbolik ging ihm nicht verloren.

"Durstig?" fragte sie und rieb den Apfel wieder an seinem Schwanz, bevor sie einen zweiten Bissen nahm.

"Nein, Herrin. Ich muss pinkeln."

"Es tut uns leid?"

"Entschuldigung, ich kann warten."

"Hier, trink etwas Wasser", sagte sie und reichte ihm das Glas.

Er nahm einen Schluck.

"Ah, du kannst mehr als das trinken", beharrte er.

Er nahm noch einen Schluck.

"Komm schon, ein bisschen mehr."

Sie benutzte die Schnur an seinen Bällen als Leine, führte ihn in die Küche, drehte das Wasser auf und füllte sein Glas.

Das Geräusch von fließendem Wasser erhöhte seinen Harndrang.

Sie lächelte, als er sich windete.

"Irgendein Problem?"

"Ich muss wirklich gehen", gab er zu.

"Es tut uns leid?" sie fragte und ließ das Wasser laufen.

Er nickte.

Sie gab ihm das Glas und sagte ihm, er solle wieder trinken.

Als er an dem Wasser nippte, öffnete sie den Gefrierschrank, holte ein paar Eiswürfel heraus und warf sie ins Glas.

Sie zog an seiner Leine und führte ihn zurück in ihr Wohnzimmer.

"Ich werde Ihre Hilfe in dieser Position brauchen", sagte er.

Sie ließ ihn sich auf den Boden legen, sich zusammenrollen und seine Knie auf den Kopf legen, als wäre er mitten in einem Salto gefangen.

"Perfekt!" sie sagte es ihm und streichelte seinen Arsch.

Sie machte es ihm leichter und lehnte ihren Rücken gegen die Vorderseite ihrer Couch.

Während die Position unangenehm war, war es nicht unangenehm.

Sie bewegte den Stuhl nahe an seinen Kopf, peitschte seine Knie und verriegelte ihn.

Lächelnd streichelte sie den Boden seiner Eier.

"Gemütlich?"

"Nicht wirklich", sagte er und machte sich Sorgen, dass sie ihn so verlassen würde.

"Ah, aber das macht so viel Spaß", sagte sie und zog das Spielzeug aus ihrem Hintern.

Sie kehrte zum Tisch zurück und kehrte mit einem langen, dünnen Dildo und mehr Gleitmittel zurück.

Er trug ein wenig Gleitmittel auf das Spielzeug auf und schob es in ihren Arsch.

"Sehen Sie? Ist es nicht lustig?"

Patrick antwortete nicht.

Sein Schwanz war hart, zeigte direkt auf ihr Gesicht und er musste immer noch pinkeln.

Sie schob das Spielzeug auf und ab, als würde sie Butter mischen.

"Komm schon, gib zu, dass du das magst."

Da er es nicht tat, runzelte sie die Stirn.

"Ich wette, ich kann dich auch so schlagen." Sie stand auf, nahm die Schaufel und schlug auf seinen zarten Arsch. "Das ist besser?"

"Liebt nicht".

"Aber ist es nicht das, was du wolltest? Du hast gesagt, du wolltest kontrolliert werden, oder?"

"Ja, Herrin."

"Gebraucht. Gedemütigt. Missbraucht?"

"Ja, Herrin."

"Gebunden, ignoriert oder was auch immer du sonst tun willst, oder?"

"Ja, Herrin."

"Gut. Musst du noch pinkeln?"

"Ja, Herrin."

"Wie viel willst du?" fragte sie, hob das Glas Eiswasser und stellte es auf den Boden ihres Beutels mit Bällen.

"Viele", sagte er und zwang sich, den Fluss zu stoppen.

"Dann mach weiter", sagte er mit einem breiten bösen Grinsen im Gesicht.

Patrick kämpfte gegen den Drang in seinem Körper an und bereute alles.

Wenn er jetzt pinkelte, pinkelte er auf sein Gesicht und seinen Teppich.

Sein sicheres Wort kam ihm in den Sinn und bewegte sich zu seinen Lippen.

"Hör auf ...", sagte er und machte eine Pause, bevor er etwas anderes sagte.

"Ja?" sie fragte und sah jetzt so entzückt wie immer aus. "Habe ich dich schon gebrochen?"

Sie bewegte das Glas um seine Eier und neckte ihn mit ihrer kühlen Nässe.

Sie spritzte ihm etwas Wasser ins Gesicht.

Aus der Küche hörte er immer noch das Wasser aus dem Wasserhahn fließen.

"Vielleicht hilft das stattdessen?" sie fragte, packte seinen Schwanz und streichelte ihn. "Wenn du auf deinem Gesicht abspritzt, werde ich dich vielleicht losbinden, bevor du dich selbst pinkelst."

Patrick wünschte, es wäre so einfach, aber diese Brücke wurde bereits von seinem Körper überquert.

Sein Bedürfnis war es, seine Blase zu befreien, nicht seine Eier.

"Bitte Herrin", bettelte er.

"Ihr sicheres Wort ist 'Regenschirm'", erinnerte er sie. "Sag es und ich werde dich losbinden. Sag es und das ist alles vorbei."

Patrick stöhnte.

Er würde es nicht sagen.

Konnte nicht.

Sie würde nicht gewinnen.

"Fick dich", sagte er.

"Oh falsche Antwort", sagte sie und goss das Eiswasser über ihn.

Eiswürfel prallten von seinem Gesicht ab, als Wasser gegen ihn spritzte.

Sie lachte.

"Ich bin sehr geduldig", sagte er.

Er stellte das Glas beiseite und begann, sich auszuziehen.

Nackt setzte sie sich auf ihn.

"Das ganze Gerede über das Urinieren hat mich dazu gebracht, es zu wollen."

Er hob das Glas, hielt es zwischen seine Beine und ließ seine Blase los.

Er sah zu, wie sich das Glas mit seinem Urin füllte.

Er hörte das Plätschern.

Es war zu viel für ihn.

Er urinierte und bespritzte sein Gesicht mit dem warmen, feuchten Strom.

Warmer Urin spritzte in ihren Mund und in ihre Nase.

Als er nach Luft schnappte, brachte er sie zu seinem Mund.

Unfähig anzuhalten, zu verlangsamen oder den Fluss zu kontrollieren, gelangte er in ihre Augen und Haare, und als sie versuchte, ihren Kopf von ihm wegzudrehen, in ihre Ohren.

Das Schlimmste war, als es seine Nase hob und ihn zwang, nach Luft zu schnappen und sie aus seinem Mund zu spucken.

Seine Strömung nahm ab, bis der letzte schwache Teil seines Bedürfnisses seinen Hals und seine Brust besprühte.

Lachend drehte Katy ihr Glas um und pinkelte auch darauf.

# KAPITEL 7

Seine geschickten Finger lösten die Krawatten um ihre Knie.

Sie erlaubte ihm, sich abzuwickeln, hielt ihn aber flach auf dem nassen Teppich.

Ihre Hände führten ihn, als er seine Augen vom Urin auf seinem Gesicht geschlossen hielt.

Sie drehte ihn herum, legte sich hin und fühlte, wie er auf ihrem Kopf kniete.

Er sah hinüber und sah, dass sie sich auf seinen Kopf setzte.

"Öffne deinen Mund", sagte sie und drückte ihre Muschi gegen sein Gesicht.

"Wow, ein bisschen mehr", sagte er und spritzte einen letzten Urinstrahl in seinen Mund, bevor er ihn gegen sein Gesicht rieb.

Er lag in einer Urinlache, aß ihre Muschi, leckte und saugte an ihrem Kitzler und ihren nackten Lippen, während sein Schwanz mit einem anderen Bedürfnis pochte.

Gedemütigt, beschämt, nass und schmutzig, sehnte sie sich immer noch nach einem Orgasmus, den nur sie zulassen konnte.

Lachend und schreiend kam sie.

"Verdammt, Mr. Adams, Sie sind gut darin!"

Immer noch geblendet vom Urin in seinem Gesicht, half sie Patrick auf die Beine.

Sie zog die Schnur um seine Eier, führte ihn ins Badezimmer und half ihm über den Rand der Wanne.

Sie drehte das Wasser auf und ließ ihn hinter dem Plastikduschvorhang zurück.

Er duschte, trocknete ab und fand sie mit angezogener Kleidung im Esszimmer sitzend.

Als sie ihn ausrief, löste sie das Seil um seine Eier und wies darauf hin, dass sein Knoten selbst bei Nässe leicht zu lösen war.

"Du hast gute Arbeit geleistet", sagte sie und hielt seine Hüften fest. "Das ist deine Belohnung."

Sie streichelte seine rasierten Eier, saugte an seinem Schwanz und gab ihm den besten Blowjob, an den er sich erinnern konnte.

Er warnte ihn, bevor er kam, falls er nicht gerne schluckte.

Einige Frauen zögerten, aber sie hörte nicht auf.

Aber nachdem er gekommen war, stand sie auf, brachte sein Gesicht nahe an ihr und küsste ihn tief.

Als sie sich küssten, schob sie ihren Orgasmus von ihrem Mund zu seinem.

# KAPITEL 8

Nachdem sie gegangen war, zog er sich an und stellte einen Teppichreiniger ein.

Das Erfordernis, so oft wie möglich nackt zu sein, war einfacher als der Versuch, ständig hart zu sein.

Aber nach ihrem gemeinsamen Nachmittag fand er beide Dinge einfach.

Die Vorstellung seiner nackten Katy erregte ihn.

Sein Gefühl der Eigenverantwortung würde ihn bald in Schwierigkeiten bringen.

"Wer bin Ich?" Katy fragte ihn, wann er zur Arbeit komme.

Es war das zweite Mal, dass er die Frage gestellt hatte.

"Meine Herrin", antwortete er erneut, obwohl ihn Zweifel ergriffen hatten.

"Nehmen Sie den Job an", forderte er.

Er ließ seine Hose fallen, beugte sich vor und legte ihr seinen nackten Hintern frei.

Sie benutzte wieder einen der Spatel aus dem Laden.

Nachdem sie beide Pobacken rosa gefärbt hatte, fragte sie ihn erneut.

"Wer bin Ich?"

"Katy MariaGonzales? "versuchte er.

"Scheiße, du bist eine dumme Schlampe", sagte sie und schlug ihn erneut.

Katy hatte ein System, um seinen Arsch zu verprügeln.

Sie wechselte ihr Gesäß und andere Stellen ab und erzeugte ein gleichmäßiges, stechendes Gefühl von ihren Oberschenkeln bis zu ihrem unteren Rücken.

Seine erste Serie von Schlägen hatte gestochen.

Die zweite Serie setzte ihn in Brand.

"Hier ist dein Hinweis. Du warst das erste Mal näher. Jetzt sag mir, wer bin ich?"

"Liebt Katy?" Er versuchte es erneut.

"Verdammt, du warst so nah!" sagte sie und schlug ihn noch mehrmals auf jedes Gesäß. "Wer bin Ich?"

"Herrin, bitte", bettelte er. "Ich weiß nicht."

"Nein, weißt du", sagte er und warf den Spatel in die Spüle. "Du hast es gerade gesagt. Ich bin Herrin. Ich bin NICHT deine Herrin. Ich bin Herrin für wen auch immer ich will. Meister und nur Herrin, verstehst du mich?"

"Ja, Herrin", sagte er.

Katy schlug sich ins Gesicht. ""

Steh auf. Lass mich dich anschauen Bist du hart? "

Patrick richtete sich verängstigt auf.

Es war schwer gewesen.

Er war hart, als sie zur Arbeit kam, aber während der Brutalität ihrer Prügel war seine Erektion verschwunden.

Sein Schwanz wollte hart sein, aber sein Körper fand es schwierig, die mit einem schmerzenden Hintern vermischten Botschaften zu lösen.

Sein Schwanz ragte direkt aus ihrem Körper in dieser Halbmastposition zwischen einer vollen Erektion und zu weich, um benutzt zu werden.

Sie sah auf seinen Schwanz hinunter.

"Was wäre, wenn ich jetzt ficken wollte? Könntest du mich damit ficken?"

"Ja, Herrin", versicherte er ihr, die Idee löste die Verwirrung in seinem Gehirn.

Sein Schwanz versteifte sich.

"Willst du einen Orgasmus?"

"Ihr Wille, Frau." Patrick weigerte sich, auf ihre Fallen hereinzufallen.

"Ja, mein Wille", stimmte sie zu und griff in ihre Tasche nach ihrem Handy.

Er berührte ein paar Bildschirme.

"Wenn ich will, gibst du mir jetzt einen Orgasmus?"

"Ja, Herrin."

"Sie haben also sechzig Sekunden Zeit", sagte er, tippte auf sein Telefon und zeigte ihm den Timer.

Patrick arbeitete schnell und hart an seinem Schwanz und kämpfte in der erforderlichen Zeit um den Orgasmus.

Es geschah nicht.

"Oh, es tut mir so leid", sagte Katy lächelnd. "Besseres Glück beim nächsten Mal."

Er hob den Spatel und streichelte sie noch sechs Mal, bevor er sie anziehen ließ.

# KAPITEL 9

Das nächste Mal war es eine Stunde später.

"Bist du immer noch hart für mich?" sie fragte, als sie mit der Pflege einer alten Frau und ihres Mannes fertig war.

"Ja, Herrin", informierte er und trat um die Theke herum, damit sie die Ausbuchtung in seiner Hose sehen konnte.

"Sechzig Sekunden", sagte sie zu ihm, zog ihr Handy aus der Tasche und startete den Timer.

Patrick rannte ins Hinterzimmer, öffnete seine Hose und versuchte für sie zu wichsen.

Als er in der vorgegebenen Zeit keinen Orgasmus erzeugen konnte, winkte sie mit dem Finger im Kreis und deutete an, dass sie sich umdrehen sollte.

Sechs weitere Schläge brachten die Hitze, das Brennen und den Stich in seinen belagerten Arsch zurück.

"Geh noch einmal", sagte sie und stellte die Uhr zurück.

Er nahm sechs weitere Treffer für vermisst.

Patrick war fest entschlossen, sein Spiel zu gewinnen und tat sein Bestes, um am Rande eines Orgasmus zu bleiben.

Er rieb sich die Vorderseite seiner Hose und blieb hart und bedürftig.

Wenn es Kunden gab, rieb er sich an der Theke und hoffte, seinen Vorteil zu behalten.

Aber er machte den Fehler zu kommen, als Katy eine ihrer zugewiesenen Pausen einlegte.

Nachdem sie auf ein paar Kunden gewartet hatte, wurde ihr Verstand mitgerissen.

Als Katy zurück in den Laden kam, überprüfte sie die Vorderseite des Ladens, holte ihr Handy heraus und sagte: "Sechzig Sekunden."

Als er es versuchte, stellte er fest, dass es die Mühe nicht wert war.

Er nahm seine Prügel und lernte seine Lektion: Um bereit zu sein, muss man bereit bleiben!

***

Er beendete den Arbeitstag ohne weitere Prügel oder eine weitere Herausforderung von zweiundsechzig Sekunden.

Er war nervös, sein Schwanz war geschwollen und bedürftig und es tat mehr weh als sein Arsch nach einer seiner Prügel.

Bevor sie ging, streichelte Katy die Ausbuchtung in ihrer Hose.

"Armes Baby. Du siehst bereit aus zu explodieren."

Auf Zehenspitzen drückte sie ihm einen Kuss auf die Lippen und ging.

Bevor er die Tür schloss, fügte er hinzu:

"Denk dran, es gibt keine Orgasmen ohne Erlaubnis."

# KAPITEL 10

Katy hatte am nächsten Tag frei.

Patrick arbeitete mit einem der anderen Mitglieder seines Teams im Laden und trug eine Schürze, um seine Erektion zu verbergen.

Er wollte nicht hart sein.

Er versuchte nicht, hart zu werden.

Aber sein Bedürfnis war zu groß.

Einfache Dinge beschleunigen Ihre Fantasie.

Er schickte seinen Angestellten früh nach Hause und schloss den Laden alleine.

Sie fühlte sich besser in der Kontrolle und arbeitete ein bisschen Papierkram durch, bevor sie nach Hause ging.

***

Als er nach Hause kam, sah er Katys Vorräte auf dem Esstisch liegen und hatte eine großartige Reaktion.

Sein Schwanz verhärtete sich, als er sich auszog und er fühlte sich allein.

Verdammt, war es so schnell unter ihre Haut gekommen?

***

Er verbrachte eine unruhige Nacht vor dem Fernseher und wollte, dass sie anrief oder vorbeikam.

Sie hat es nicht getan.

Er war besorgt, dass sie ihn bestrafen würde.

Er war besorgt, dass sie das Interesse verloren hatte.

Er überlegte, ob er sie anrufen oder eine SMS schreiben sollte, entschied aber, dass er es nicht tun sollte.

Sein Schwanz saß nackt auf seiner Couch und blieb hart.
Sie fühlte sich sehr einsam und ging um elf ins Bett.

# KAPITEL 11

Am Freitagmorgen kam Katy zwei Minuten vor der Eröffnung zur Arbeit.

"Hallo, Mr. Adams", strahlte sie, so voller Freude wie immer.

"Guten Morgen Herrin", sagte sie, froh, dass sein Schwanz hart für sie war.

Katy schoss an ihm vorbei, überprüfte die Registrierkasse und half beim Rest der Eröffnung.

"Es scheint ein guter Tag zu sein, denkst du, wir werden beschäftigt sein?"

"Wahrscheinlich", sagte er.

"Ich denke, ich werde an den Fenstern beschäftigt sein", sagte sie und hob den Hocker, das Fensterspray und den Stapel Papierhandtücher auf, den sie brauchen würde.

Die Fensterreinigung war am Freitagmorgen eine regelmäßige Aufgabe.

Patrick mochte es, dass der Laden vor dem Wochenende sehr sauber aussah.

"Es sei denn, du hast noch etwas, was ich tun soll?"

"Wie du willst, Herrin."

Sie lächelte ihn an und ging zur Arbeit. Er fragte sich, was los war.

Hatte er sein Spiel aufgegeben?

***

Der sonnige Frühlingstag zog Kunden an.

Bald waren sie damit beschäftigt, den Abfüllstab wieder aufzufüllen, die Maschinen für gefrorenen Joghurt zu überwachen und aufzuräumen, nachdem die Kunden gegangen waren.

Patrick dachte die ganze Zeit nach und wollte Katy fragen, ob die Dinge zwischen ihnen in Ordnung seien, aber er konnte die Worte nicht finden.

Er fragte, bevor er eine Pause machte, es dauerte nur eine halbe Stunde und schlug dann vor, dass er auch eine machen sollte.

Patrick brauchte keine Pause, aber er wollte die Herrin nicht enttäuschen.

Er saß eine halbe Stunde in ihrem Auto, sein Schwanz war gespannt auf die Aufmerksamkeit, die sie ihm nicht zahlen wollte.

# KAPITEL 12

Am Freitag und Samstag blieb der Laden bis neun Uhr geöffnet.

Um vier Uhr erschien die zweite Schicht.

Als er sah, dass Katy bereit war zu gehen, trat Patrick in das Hinterzimmer und wartete auf einen Hinweis darauf, was los war.

Sie blieb vor ihm stehen, sah in die feste Innenseite seiner Hose und lächelte.

Er rieb den Klumpen und sagte:

"Wir sehen uns heute Abend."

***

Gegen Mitternacht hörte Patrick auf, daran zu denken, sie heute zu sehen.

Er schaltete den Fernseher aus und begann seine nächtliche Routine.

Sein harter Schwanz schmerzte, pochte und verlangte Aufmerksamkeit, aber er weigerte sich, ihn zu bezahlen.

Er bereitete gerade die Kaffeekanne für den Morgen vor, als er in seiner Einfahrt einen Scheinwerferblitz sah.

Er lächelte und fragte sich, wo er sein sollte, als sie eintrat.

Soll ich den Fernseher wieder einschalten und beiläufig handeln?

Sollte es an der Tür sein?

Er verließ das Café und beschloss, vor ihrer Tür zu knien.

Eine betrunkene Katy öffnete die Tür weit.

Sie stolperte mit drei Männern in ihrem Alter hinein.

"Scheiße", sagte ein blonder Mann mit dem Arm um Katy, als er Patrick auf dem Boden knien sah.

Er war der einzige Nüchterne der Gruppe.

"Hast du gedacht, er lügt?" Fragte Katy und streichelte Patricks Haar.

"Was zum Teufel!" sagte ein muskulöser junger Mann mit dunklen Haaren.

"Hey, hat dein Sklave etwas zu trinken?" fragte der dritte Mann und war der letzte, der eintrat. Er blieb an der Tür stehen. "Freund, du bist nackt!"

"Okay, das ist offiziell komisch", sagte der Blonde und sah unsicher aus.

"Scheiß drauf, Ben. Katy hat gesagt, es wäre seltsam", sagte der dunkelhaarige Junge.

"Ja, aber verdammt", beharrte Ben, hielt Katys Taille, sah aber Patrick an.

"Nackte Jungs stören dich?" Fragte Katy ihn.

"Es ist einfach komisch. Kannst du sie dazu bringen, sich anzuziehen oder so?"

"Ich könnte, aber ich mag es so."

"Hast du ihn gefickt?" fragte der muskulöse dunkelhaarige Junge.

"Ich ficke mit ihm", lachte Katy. "Schau mal damit."

Nachdem sie Patrick an die Wand gestellt hatte, fing sie an, Wäscheklammern an seinen Bällen anzubringen.

"Oh Scheiße, das muss weh tun!" sagte der letzte Mann in Patricks Haus, wand sich und griff instinktiv nach seinen Bällen.

"Willst du es versuchen?" Sie hat ihn gefragt.

"Auf keinen Fall!"

"Komm schon Joe. Lass mich deine Eier festklemmen", spottete der dunkelhaarige Junge.

"Fick dich, Tom. Mach es selbst."

"Also, muss es tun, was du sagst?" Fragte Ben, die nüchterne Blondine.

Er sah immer noch mit großen Augen.

"Alles", sagte sie und lächelte ihn an.

In seinen Augen lag ein Anflug von Befriedigung, der Patrick ein gutes Gefühl gab.

"Lass ihn wichsen und es essen", sagte Tom, der muskulöse Typ.

Katy drehte sich zu dem dunkelhaarigen Mann um und packte ihn am Schritt.

"Sag mir nicht, was ich tun soll, Tom, sonst stehst du neben ihm."

Tom verzog das Gesicht.

"WOW Baby, entspann dich. Ich versuche nur ein bisschen Spaß zu haben."

"Ich auch", sagte Katy und hielt seinen Griff einen Moment länger fest, bevor sie ihn losließ.

Tom trat einen Schritt zurück und sah sie vorsichtig an.

Patrick grinste.

"Aber wenn sie dich darum bitten würde, würdest du es tun, oder?" Fragte Ben Patrick, seine Augen wanderten schließlich von Patricks Schritt weg.

Es war eine Vermutung von seiner Seite, aber Patrick antwortete nicht.

Katy dachte einen Moment darüber nach, lächelte und nickte ihm diskret zu.

"Er gehört mir, Ben, nicht dir", sagte er zu der Blondine.

Er entfernte die Klammern von Patricks Bällen, drehte sich um und sah das Männertrio an.

"Okay, wer will ficken?"

"Ich muss eine Frau lieben, die weiß, was sie will", sagte Joe.

"Sieht so aus, als hätten wir einen Gewinner", sagte Katy, schob Joe vor sich in Patricks Zimmer und zog Patrick an seinem harten Schwanz hinter sich her.

"Wirst du sie beide ficken?" Fragte Ben.

"Vielleicht", sagte Katy.

Als sie den kurzen Flur entlang gingen, hörte Patrick, wie sein Fernseher zum Leben erweckt wurde, als Ben und Tom anfingen zu lachen.

Katy lehnte Patrick am Fußende ihres Bettes gegen die Wand.

"Musst du schauen?" Fragte Joe.

"Wen interessiert das?" Sagte Katy und drückte sich gegen den Mann.

Während sie ihn küsste, schob sie ihre Hand zu einer ihrer Titten.

Alle Bedenken, die Joe wegen Patrick hatte, verschwanden.

Joe und Katy hatten Sex zusammen.

Sie haben es vermasselt, aber Patrick wusste nicht, wie er es beschreiben sollte.

Es gab keine Zuneigung, Liebe oder Leidenschaft für das, was sie taten.

Katy riss Joes Kleidung auf, zog ihn aus und rieb seinen harten Schwanz, während er seine Kleidung auszog.

"Ich möchte das essen", sagte sie und umfasste ihre nackte Muschi.

"Ich will das versauen", beharrte Katy und schob den Mann zurück auf das Bett.

Sie kletterte auf ihn, führte seinen harten Schwanz in ihre Muschi und hüpfte.

"Du bist so verrückt wie Scheiße", sagte er und packte ihre frechen Titten.

"Halt einfach die Klappe und beweg dich", sagte er.

"Ich kann nicht durchhalten", stöhnte er.

Er sah Patrick an, sah aber schnell weg.

Ihr Ficken dauerte ein paar Minuten.

"Komm in mich hinein", sagte Katy zu ihm. "Ich will es fühlen."

"Oh ja. Scheiße ja!" Sagte Joe mit seinen Händen auf seinem Arsch.

Patrick sah zu, wie das Vergnügen des Mannes ihn verzehrte.

Sie sah zu, wie Joe sich losließ und seinen Orgasmus in ihr auslöste.

"Oh verdammt ja!"

Katy rollte von ihm herunter.

Sie lag neben ihm und küsste ihn.

"Danke", schnurrte er.

"Gib mir eine Minute und wir können es wieder tun."

"Vielleicht später", sagte er und nickte zur Tür.

"Wirklich?"

"Ich sagte, ich wollte ficken, das stimmt. Wir haben gefickt. Jetzt fick dich", sagte er zu ihr.

Joe sah verwirrt aus, aber er stand auf, zog Unterwäsche und Jeans an und sah sie an.

"Du bist ein Freak", sagte er.

"Du hast wahrscheinlich recht. Mach die Tür hinter dir zu."

Als er ging, sah sie Patrick an.

"Mach mich sauber."

Patrick kniete sich neben ihr Bett und zögerte nicht, seinen Mund gegen ihre gebrauchte Muschi zu drücken.

Er kümmerte sich nicht um Joes Orgasmus.

Stattdessen freute er sich, dass er der Herrin gefallen durfte.

Er leckte, leckte und saugte an ihrer rasierten Muschi und freute sich darüber, wie sie sich unter ihm krümmte.

Er gab ihr den Orgasmus, den sie mit Joe nicht hatte.

"Genug", sagte sie und drehte den Kopf weg.

Sie zeigte auf den Fuß des Bettes.

Patrick brauchte keine weiteren Anweisungen.

Er stand an der Wand, sein harter Schwanz tropfte von Precum, als sie nackt aus ihrem Zimmer stürmte.

"Wer ist der nächste?" er hörte sie fragen.

Im anderen Raum schien es einen Streit zu geben, bevor Ben Katy folgte.

Er schaute zwischen Katy und Patrick hin und her.

Selbst als Katy ihn auszog, starrte Ben Patrick weiter an.

"Du bist nicht schwer", sagte sie und rieb es.

"Was wirst du machen?" Fragte Ben.

Katy konzentrierte sich auf Bens weichen Schwanz.

Er bedeutete Patrick, näher zu kommen.

Mit einer Hand auf seiner Schulter drückte sie ihn nach unten.

"Er wird deinen Schwanz lutschen, während wir uns küssen", sagte sie. "Sobald du hart bist, kannst du mich ficken."

Sie packte Bens Gesicht und presste ihre Lippen auf seine.

Er hielt eine Hand um seinen Hinterkopf und schob Patricks Kopf nach vorne.

Patrick öffnete den Mund und nahm den schlaffen Schwanz des jungen Mannes zwischen die Lippen.

Ben war nicht hart, aber er war auch nicht weich.

Sein Schwanz war voll, aber nicht voll genug, um hart zu sein.

Als Patrick saugte, spürte er, wie der Schwanz des Mannes wuchs.

Er hörte die beiden in den Mund stöhnen, als Bens Schwanz seine Stärke fand.

"Willst du ficken oder willst du in ihrem Mund landen?"

"Okay", sagte Ben und sah sie mit dem gleichen Ausdruck an, den er seit ihrer Ankunft getragen hatte. "Wenn ich fertig bin, während er mich saugt, macht mich das schwul?"

"Nicht du, aber es macht dich zu einem Hurensohn", sagte Katy lachend.

Sie drückte Patricks Gesicht gegen Bens Schritt und küsste den Mann erneut, so dass Patrick ihn erledigen musste.

Patrick wusste nicht, was ihn erwarten würde.

Er dachte nie daran, einen Schwanz zu lutschen.

Er spürte ein warmes Erröten auf seinem Gesicht, als Katy darauf hinwies, dass er jetzt ein Hurensohn war, aber es ging schnell vorbei.

Er mochte es, seinen Schwanz lutschen zu lassen und versuchte zu tun, was er ihm gerne antat.

Sie rollte ihre Zunge über und um den Kopf des Schwanzes des jungen Mannes.

Er schüttelte den Kopf von einer Seite zur anderen und wusste, dass es sich gut anfühlte, wenn es ihm angetan wurde.

Sie spürte den Schwanz des Mannes, das war interessant, und sie erkannte, dass der Mann bald einen Orgasmus in ihrem Mund erreichen würde.

Da sie nicht wusste, wie sie sich auf die Erfahrung vorbereiten sollte, hielt sie ein konstantes Tempo und wartete auf ihn.

Als es passierte, überraschte ihn die Kraft des ersten Strahls gegen den Gaumen, würgte ihn aber nicht.

Das Sperma des Mannes hatte einen leicht sauren Geschmack, aber es war nicht unangenehm.

"Glaubst du, wir können auch ficken?" Fragte Ben.

"Ein Orgasmus für jeden Kunden", sagte Katy und zog sich von Ben zurück. "Ich muss pinkeln", sagte er und ging aus dem Raum.

"Hast du das schon mal gemacht?" Fragte Ben und zog seine Hose an.

"Nein", sagte Patrick.

"War es komisch?"

"Nicht wirklich. Es war gut."

Bens Augen kehrten zu Patricks hartem Schwanz zurück.

Er warf einen Blick auf die offene Tür, zuckte die Achseln und zog sich fertig an.

"Bis später, Freund", sagte er.

***

Patrick stand am Fußende des Bettes, während Katy und Tom zur Arbeit gingen.

Tom war betrunkener als Joe.

Sobald er nackt war, machte es ihm nichts aus, dass Katy kein Vorspiel hatte.

Er schlug Katy auf den nackten Arsch.

"Bist du dafür bereit?" Ich frage.

"Mach weiter", sagte er und ließ sich zurück auf das Bett fallen.

"Okay", sagte er und öffnete die Vorderseite seiner Hose.

Ohne seine Hose mehr als seinen Hintern zu senken, fiel er auf Katy und fing an, sie zu ficken.

"Tu es, du verdammter Hengst. Komm für mich."

"Oh ja, Baby. Ich werde es tun", versprach er.

Er bewegte sich schneller und schüttelte Patricks Bett, hielt aber nicht länger als Joe, bevor er seinen Rücken krümmte und kam.

"Wie war das Baby?"

"Durchschnittlich", sagte sie und zog ihn von sich weg.

"Oh ja? Gib mir eine Minute und ich werde es dir wieder zeigen", sagte sie, setzte sich auf das Bett und kratzte an ihren Titten.

Katy riss ihre Hand weg.

"Du hattest deine Chance. Jetzt verpiss dich."

"Warum dann mit ihm?"

"Vielleicht", sagte sie. "Es sei denn, du willst es zuerst selbst versuchen."

"Fick dich", sagte Tom, stand auf und zog seine Hose hoch. "Soll ich Joe zurückschicken?"

"Nein, ich bin fertig. Geh nach Hause."

"Ah, sei nicht so, Baby."

"Sei nicht wie was?"

"Ich weiß nicht, eine Schlampe?"

Katy sprang mit einer Welle winkender Hände vom Bett und schlug den viel größeren Mann.

"Wie zum Teufel hast du mich genannt?"

"Hey, hey, hey! Ich habe nur Spaß gemacht", sagte er und zog sich zurück.

"Geh raus!" schrie sie und folgte ihm den Flur entlang. "Sie alle. Verpiss dich."

Patrick hörte einige verwirrte Einwände.

Er ging in den Flur und stand mit verschränkten Armen hinter der Herrin.

"Du hast die Frau gehört. Verpiss dich, bevor ich an der Reihe bin, dich zu ficken."

Das schien die jüngeren Männer davon zu überzeugen, dass es Zeit war zu gehen.

"Verdammte Schwuchtel!" Schrie Tom, der letzte aus der Tür.

# KAPITEL 13

"Gute Arbeit", sagte Katy, drehte sich um und lächelte ihn an.

Sie zog an seiner Hand und führte ihn zu ihrer Couch.

Er schaltete den Fernseher aus, setzte sich auf und spreizte die Beine.

"Willst du immer noch diese Muschi essen?"

Ein Teil von Toms Sperma war aus ihrer Muschi gesickert und lief über ihren Oberschenkel.

"Ja, Herrin", sagte Patrick kniend.

Er hielt ihr Kalb fest und begann ihren Oberschenkel zu lecken. Seine Zunge fuhr über die Länge des Spermas.

Er nahm sich Zeit und leckte den Rest ihrer rasierten Muschi, bevor er seine Zunge zwischen ihren Unterlippen vergrub.

Katy wand sich und stöhnte immer wieder vor Vergnügen, bevor sie ihn aufhielt.

"Genug", sagte sie und schob ihn weg.

Sie wiegte sein nasses Gesicht und dachte einen langen Moment über ihn nach.

Sie beugte sich vor, küsste ihn und drückte ihre Zunge in seinen Mund.

"Du magst das, nicht wahr?"

"Ich mag dich, Herrin", gab er zu.

"Setz dich", sagte er und streichelte die Couch neben sich.

Er beugte sich vor und hob eine Pinzette auf dem Kaffeetisch auf.

Sie legte sie an ihre Brustwarzen, bevor sie ihr Bein über ihn schwang und ihn rittlings anstarrte.

Sie positionierte sich gerade so lange, bis ihre warme, feuchte Muschi um seinen harten, schmerzenden Schwanz glitt.

Sie ließ sich auf ihm nieder und bewegte sich nicht.

Sein Schwanz pochte wie wild in ihr und drohte nur durch das Gefühl von ihr um ihn herum zum Orgasmus zu kommen.

Katy streichelte sein Gesicht.

"Du hast seinen Schwanz gelutscht." Er nickte. "Du weißt, das macht dich zu einer Schwuchtel, oder?"

"Ihr Wille, Frau."

Sie küsste ihn.

"Ich glaube ich glaube dir."

"Die Herrin sollte", sagte er, sicher, dass er eine Grenze überschritt, indem er es sagte, aber sie belohnte ihn mit einem weiteren Kuss.

Sie sah ihn wieder an und legte ihre Hände auf seine Schultern.

Langsam erhob sie sich einmal von ihm, bevor sie sich wieder niederließ.

Wieder pochte sein Schwanz tief in Not.

"Ich wollte das schon lange", sagte er zu ihr. "Seit vor Beginn unseres Spiels."

Patrick sah sie an und wusste nicht, was er sagen sollte.

Er entschied, dass es am besten war, zu schweigen und tat es.

Sie stand von ihm auf und wieder auf und lächelte, als sein Schwanz wieder pochte.

"Wie oft glaubst du, kann ich das tun, bevor du kommst?"

"Nicht viele", gab er zu.

"Wenn ich einem dieser Jungs gesagt hätte, er soll dir in den Arsch ficken, hättest du dann aufgehört?"

"Ja, Herrin. Dein Wille. Immer."

"Wie fühlt sich das an?"

Wieder stand sie auf und fiel.

"Gib dich so vollständig hin. Wie fühlt es sich an?"

"Paradiesisch."

"Was ist, wenn ich dich jetzt verlasse?" fragte sie und zog sich zurück.

Sie schob ihn zurück und saß näher an ihren Knien, als sein harter Schwanz in der Luft tanzte.

"Wäre es grausam, wenn ich dich so hart verlassen würde?"

"Dein Wille."

"Soll ich die Schaufel wieder benutzen?"

"Dein Wille."

"Und würde es dir nichts ausmachen? Brauchst du keinen Orgasmus?"

"Nicht so sehr, wie ich denke, dass ich das brauche", sagte sie, nickte ihren Nippelklemmen zu und meinte alles.

"Erklären Sie sich."

"Ich fühle dich überall. Immer."

"Noch heute, als ich dich ignoriert habe?"

"Besonders heute. Ich war verwirrt, ich hatte Angst, dass du mich nicht liebst, aber das hat nichts für mich geändert."

Lachend ging sie über ihn hinweg.

"Sie haben heute wirklich hart gearbeitet."

Sein Schwanz pochte mit neuer Kraft.

Er war froh, dass sie es bemerkt hatte.

"Wegen dir, Herrin. Dank dir war ich gestern auch hart."

Sie lachte wieder.

"Ich weiß. Ich habe es gehört. Sie haben einen guten Ruf, ein Problem zu haben."

"Ja. Du, Herrin."

"Das ist für mich", sagte sie, stand auf und fiel auf ihn. "Hör nicht auf. Gib es mir. Ich will das. Ich möchte das Gefühl haben, dass du für mich in mich kommst."

Sie fickte ihn mit langen, langsamen Stößen; als würde sie das Gefühl von ihm genießen.

"Tu es", schnurrte sie. "Komm zu mir."

Wie auf Befehl, obwohl wahrscheinlich aus akkumuliertem Bedarf, tat Patrick es.

Er kam mit einer Kraft und Befriedigung, die seine Zehen kräuselte.

Er sah, wie sie ihn beobachtete und ihn studierte, während ihr Orgasmus durch ihren Körper wirkte.

"Scheiße, das war heiß", sagte sie, als er sich entspannte und für den Moment verbrachte.

Sie griff zwischen sie, rieb seinen Kitzler und brachte sich zu einem Orgasmus, den er wie eine Reihe rhythmischer Quetschungen um seinen immer noch harten Schwanz fühlte.

"Kannst du es nochmal machen?"

"Ich denke schon", sagte er und wand sich unter ihr.

Katys Körper war so gut und ihr Bedürfnis war so groß, dass sie das Gefühl hatte, es in dieser Nacht noch hundert Mal tun zu können und es immer noch tun zu wollen.

Sie bewegte sich auf und ab und erfreute ihn.

"Du bist bereit?"

Er fühlte sich wie ein Achtzehnjähriger und nickte.

"Ich denke ich bin."

"Nein, Schlampe. Denk nicht nach. Sag es mir. Bist du bereit? Kannst du mich ein zweites Mal füllen?"

"Ja", sagte er und fühlte einen beruhigenden Puls von seinem Schwanz.

"Gut", sagte sie und schwankte noch ein paar Mal über ihn, bevor sie anhielt.

"Verdammt, das ist gut", schnurrte sie mit geschlossenen Augen.

Sie stand still und atmete langsam und tief durch.

"Okay", sagte sie und öffnete die Augen. "Es geht mir gut."

Patrick lächelte, nicht sicher, was er meinte, fand es aber amüsant.

Es schien, als wollte er sich zusammensetzen.

Sie schüttelte den Kopf und warf ihr dunkles Haar über die Schultern, bevor sie die Wäscheklammern von ihren Brustwarzen entfernte.

Sie rieb sich die Brust, als würde sie den Schmerz beseitigen.

"Ist es okay, wenn ich dich Patrick nenne?" Sie fragte.

Es war das erste Mal, dass er hörte, wie sie seinen Vornamen benutzte.

"Ihr Wille, Frau."

Katy schüttelte den Kopf.

"Nein, so meine ich das. Ich meine, kannst du für einen Moment Patrick sein und ich bin nur Katy?"

"Ich denke", antwortete er verwirrt.

"Nein, ich meine es ernst. Dies ist kein Befehl, dies ist nur eine Frage. Ich möchte nur für eine Minute Katy und Patrick sein. Können wir das tun?"

"Ja, ich nehme an", wiederholte er. "Ein seltsamer Moment."

"Ich weiß", sagte sie und wirkte nervös. "Aber es ist wichtig und ich möchte die richtige Antwort." Er nickte. "Wenn du mein Sklave bist, gibt es etwas, das du nicht für mich tun würdest?"

"Töte jemanden", sagte er achselzuckend. "Aber das ist nicht wirklich ein Sexspiel, oder?"

"Richtig. So meine ich das. Sexuell. Gibt es etwas, das du als mein Sexsklave nicht tun würdest?"

"Mir fällt nichts ein", sagte er und sein Schwanz pochte in Übereinstimmung mit ihm.

"Warum?"

"Weil es Spaß macht?" er bot an.

"Macht es Spaß, verprügelt zu werden?"

"In gewisser Weise", sagte er. "Ich meine, es tut weh, aber du tust es aus einem Grund. Es tut mehr weh, wenn ich dich im Stich lasse."

"Also, wenn ich sehen wollte, dass du von Radfahrern vergewaltigt wirst, würdest du es tun?"

"Als dein Sklave ja."

"Wie wäre es mit Patrick?"

"Entschuldigung, das kann ich nicht mögen", lachte er.

"Aber du hast seinen Schwanz gelutscht."

"Aber für die Herrin, obwohl du heiß genug bist, würde ich es wahrscheinlich auch für dich tun."

"Wirklich?"

"Wahrscheinlich nicht", gab er zu. "Vielleicht weiß ich es nicht".

Sie bewegte sich gegen ihn.

"Es ist in Ordnung?"

"Es ist höllisch heiß, aber mir geht es gut."

"Kannst du mich küssen? Ich meine, wie Patrick. Kannst du mich küssen?"

Er beugte sich vor und tat es.

Er war sich nicht sicher, was sie erwartete, also küsste er sie wie jeden Liebhaber.

Während sein Kuss blieb, schob er seine Zunge in ihren Mund und genoss den Moment.

"Wie das?"

"Ja, das war gut."

Er hatte gespürt, wie sich ihre Muschi während ihres Kusses zusammenzog.

Ohne gefragt zu werden, küsste er sie erneut.

Wie zuvor wand sie sich und ihre Muschi zuckte.

"Ich hatte einmal eine Freundin, die mir sagte, dass alle Frauen mindestens eine Affäre mit einem älteren Mann haben sollten."

"Ist selten?"

"Nein, es ist okay. Er hatte Recht. Ältere Menschen sind besser."

"Ältere Männer sind dumm für ein hübsches Gesicht."

"Nur für das Gesicht?" sie fragte und sie lachten beide.

"Nun, Gesicht und andere Dinge", sagte er und streichelte ihre langen, prallen Brustwarzen.

Als sie sich zurücklehnte und ihren Rücken krümmte, leckte, saugte und knabberte er an ihren Brustwarzen.

"Hör nicht auf", sagte sie und stand auf, um ihn zu küssen, bevor sie sich zurücklehnte, um ihm wieder ihre Brust anzubieten.

Patrick hörte nicht auf.

Er saugte an ihren Titten wie er es tun würde, wenn sie seine Freundin wäre.

Er streichelte ihren engen kleinen Arsch und fühlte das feste Fleisch ihres Arsches.

Als sie sich windete, bewegte er seine Hände zu ihren Hüften.

Sie führten sie auf und ab, küssten und fickten sie.

Im Gegensatz zu den jungen Männern, mit denen er in dieser Nacht gefickt hatte, nahm sich Patrick Zeit.

Er tat es mit Leidenschaft und nahm sie mit, als hätte er einen der Fitnesshasen im Fitnessstudio, wenn er die Chance dazu hätte.

Er war nicht überrascht, als sie kam und nicht aufhörte.

Er brachte sie zu einem zweiten Orgasmus, diesmal fand er seinen eigenen Orgasmus mit ihrem.

"Verdammt, Patrick", sagte sie und umarmte ihn. "Du bist gut."

"Du auch", sagte er und hielt sie fest, bis sich ihre Atmung wieder normalisierte.

"Ist es okay, wenn ich dusche?"

"Sicher", sagte er und ließ sie los.

"Du könntest meinen Rücken waschen, wenn du willst."

# KAPITEL 14

Gewaschen und getrocknet hielt sie seine Hand, als sie zurück ins Wohnzimmer führte.

"Wir sind immer noch Patrick und Katy, oder?" Sie fragte.

Er nickte. "Na dann ist es okay, wenn ich das richtig mache?"

Sie schob ihn auf die Couch und kletterte zurück auf seine Beine.

Sie streichelte seinen Schwanz und seine Eier, bis er wieder hart war.

Lächelnd bestieg sie ihn wieder.

"Ich bin nicht betrunken", sagte sie und küsste ihn.

"Du warst vorher."

"Ich war glücklich", gab er zu. "Aber nicht betrunken."

"Interessant."

"Glaubst du mir, wenn ich sage, dass ich jetzt nicht betrunken bin?"

Patrick nickte.

Wenn ja, war genug Zeit vergangen, damit sie sich nüchtern fühlte.

Nachdem sie sich wieder geküsst hatten, zog sie sich zurück.

"Dankeschön."

"Warum?"

"Weil ich den Unterschied zwischen echtem Patrick und Sklave Patrick spüren durfte." Sie küsste ihn. "Das bringt mich dazu, das mehr zu wollen."

"Möchte?" erkundigte er sich und fragte sich, ob sein Spiel vorbei war.

"Das", sagte sie und hob die Pinzette auf, die noch auf der Couch saß.

Sie zuckte zusammen, nachdem sie den ersten an ihrer rechten Brustwarze befestigt hatte.

"WOW", sagte sie überrascht, wie sehr es weh tat.

Er befestigte die zweite an ihrer linken Brustwarze.
Sie stieg von ihm, nahm die Schaufel und gab sie ihm.
"Jetzt bist du dran. Verprügel mich."

ENDE

# NAZI-SCHLAMPE

Gestapo-Hauptsitz in Paris

FEM1-Abteilung

Mittwoch, 30. Oktober 1940, 8:00 Uhr

Ich wachte abrupt auf und schmerzte überall.

Meine Nackenmuskeln töteten mich und mir wurde schwindelig.

Das Morgenlicht strömte durch das Fenster und beleuchtete meinen Schreibtisch und mein Gesicht.

Ich schloss die Augen und rieb sie fest.

Ich muss über Nacht eingeschlafen sein, als ich eine Reihe von Berichten durchgesehen habe, die am Tag zuvor eingegangen waren.

Ein Blick in den Spiegel zeigte das müde Gesicht eines niedlichen neunzehnjährigen Mädchens mit dunkelbraunen Augen und Haaren, das aussah, als hätte sie seit Tagen nicht genug Schlaf bekommen.

Leider lügt der Spiegel nie.

In den letzten drei Wochen hatte er jeden Tag fünfzehn Stunden gearbeitet, weil ein großer Spionagering freigelegt worden war.

Mein Vater stand in der Hierarchie der NSDAP in Berlin sehr hoch und so wurde ich zum Stabschef der FEM1-Abteilung der Gestapo in Paris ernannt.

Unsere Abteilung bestand nur aus Frauen und war für die Befragung gefangener Frauen verantwortlich.

Mein Rang war Leutnant und unter meinem direkten Befehl gab es zwei Sergeants namens Michelle und Kat, beide in den Zwanzigern.

Michelle war Französin mit langen dunklen Haaren und wunderschönen stechenden Augen.

Ihre Glasgröße war 90 ° C, genau wie bei Kat, und sie war schlank und sportlich.

Auf der anderen Seite war Kat Holländerin mit langen blonden Haaren, blaugrünen Augen und perfekten Waden.

Sie war ein paar Zentimeter größer als Michelle und wog ein paar Pfund schwerer.

Sie hatten beide große enge Ärsche und die längsten Beine in Paris, von denen ich wusste.

Ich war ein bisschen größer Kat und meine Glasgröße war 95 B.

Ein Blick auf meinen Schreibtisch zeigte das Vorhandensein eines neuen Dokuments.

Jemand muss es während meiner Pause mitgebracht und dort gelassen haben.

Das Dokument betraf die Überstellung einer gefangenen Frau, die während eines Gestapo-Überfalls erwischt worden war, in ein Pariser Café.

Die fragliche Gefangene schien eine 25-jährige amerikanische Staatsbürgerin zu sein, die in New York lebte, und sie war... schwarz?

Ich runzelte sofort die Stirn und fand das sehr interessant.

In der dem Dokument beigefügten Datei heißt es, dass er das Thema in Frage stellen und alle wertvollen Informationen mit allen verfügbaren Mitteln extrahieren sollte.

Ich nahm den Hörer ab und befahl Kat und Michelle, sich umzuziehen und mich im Keller zu treffen.

Ich zog mich auch schnell um und ging die Treppe hinunter, die zum Keller führte.

Michelle und Kat waren bereits da und trugen ihre "Verhör" -Kleider.

Jeder trug eine schwarze Ledermaske mit Öffnungen für Augen, Nase und Mund.

Ihre Haare waren in einem Pferdeschwanz hinter ihren Köpfen gefangen.

Schwarze Lederkorsetts zogen sich um ihre schlanken Körper zusammen und ließen ihre nackten Brüste wie zwei fleischige Berggipfel erscheinen.

Sie trugen schwarze Lederhandschuhe an den Ellbogen und um ihre rechten Arme war ein rot-weißes Gummiband mit einem schwarzen Hakenkreuz in der Mitte.

Kleine schwarze Lederschnüre, die es fast nicht gab, bedeckten ihren Schritt und ließen ihre Ärsche völlig frei.

Beide trugen schwarze Nylonstrümpfe und Wehrmachtsstiefel.

"Bring die Gefangene herein und binde ihre Hände in diese hängenden Ketten", befahl ich.

"Ha, meine Herrin", riefen beide aus.

Sie brachten sie herein und sicherten ihre Hände, indem sie sie an den baumelnden Ketten hoben.

Ich nahm mir Zeit und inspizierte es gründlich von oben bis unten.

Er sah nicht größer als fünf Fuß und ungefähr sechzig Kilo aus.

Ihre schwarzen mandelförmigen Augen reflektierten das künstliche Licht aus dem Keller wie magische Spiegel, und ihre Nase war eine typische Afroamerikanerin.

Ein ziemlich großer Mund mit fleischigen, saftigen, feuchten Lippen verriet ihren ungezügelten Wunsch nach mündlichem Vergnügen.

Ihr schulterlanges schwarzes Haar war lang und glatt mit langen Locken am Ende.

Sie trug ein langes, enges gelbes Blumenkleid, das die perfekten Dimensionen ihres Körpers hervorhob.

Alles in allem war sie ein kleines Schokoladenmädchen und ich war mir sicher, dass meine Mädchen dieses exotische Gericht nach ihrem Geschmack genießen würden, da sie noch nie die Gelegenheit hatten, farbige Menschen zu treffen.

"Ich möchte, dass Sie mich über den Grund meiner Verhaftung informieren. Ich bin US-Bürger und Sie haben kein Recht, mich hier zu behalten. Die Bedingungen meiner Inhaftierung sind absolut skandalös. Ich habe seit vielen Stunden nicht geschlafen, gegessen und getrunken. Sie hätten die US-Botschaft informieren sollen über meine Gefangennahme und ich fordere ... "versuchte sie zu protestieren.

"Fordern Sie? Fordern Sie? Sie sind nicht in der Lage, etwas zu verlangen. Wissen Sie, wie Ihre Situation ist? Sie beschuldigen Sie, ein

Spion zu sein, und dies trägt nur das Todesurteil. Also fangen Sie besser an zu reden, weil Ich habe nicht viel Zeit zur Verfügung ", schrie ich ihn an.

"Es muss einen Fehler in seinen Berichten geben. Ich bin sicher, er hat mich für jemand anderen gehalten. Es ist meine erste Reise nach Europa und ich habe Paris wegen seiner nächtlichen Attraktionen besucht. Ich war hier gefangen, als der Krieg ausbrach und konnte meinen Weg zurück nicht finden." Seine Polizei hat mich verhaftet, als ich mit einem Mann gesprochen habe, der meine Rückreise organisieren würde. Ich weiß nichts anderes. "

"Wie heißen Sie?" Ich habe sie gefragt.

"Mein Name ist Gina, Leutnant", sagte er.

"Von jetzt an werden Sie mich Frau Vicky nennen. Wird das verstanden?" Sagte ich und schlug sie gleichzeitig hart.

"Autsch! ... Ja ... Ja ... Madam ... Vicky ..."

"Hören Sie, erniedrigte Schlampe. Sie werden mir alles im Detail erzählen. Ich möchte meine kostbare Zeit nicht mit Ihnen verschwenden. Geben Sie mir Namen, Orte, Codes und alles andere, was erforderlich ist. Ich verspreche, Ihnen keinen Schaden zuzufügen und Sie gehen zu lassen, wenn wir fertig sind, oder Sie werden herausfinden, wie grausam ich sein kann." . Ich sagte es ihm, während ich an seinen Haaren zog.

"Aaaahhh ... ich schwöre bei Gott ... ich weiß ... nichts ... bitte ..."

"Du willst hart spielen? Wir werden sehen, wie es weitergeht. KAT UND MICHELLE WERDEN JETZT FÜR DEINE KLEIDUNG sorgen. Ich bellte meine Befehle.

Kat und Michelle stürzten sich mit wild leuchtenden Augen auf ihr wehrloses Opfer und begannen, ihr Kleid in Stücke zu reißen.

Gina drehte ihren Körper verzweifelt, als vielseitige Finger ihr Kleid, ihren BH, ihren Tanga, ihren Strumpfgürtel und ihre Nylonstrümpfe gnadenlos zerrissen.

Am Ende trug sie nur ein Paar weiße Absätze und sonst nichts.

Es schien, als hätte die kleine Demonstration meiner Autorität über Gina niemanden unberührt gelassen.

Kats blassrosa geschwollene Brustwarzen konkurrierten in Bezug auf Schönheit, Größe und Härte mit Michelles geschwollenen braunen.

Michelles Augen waren auf Ginas glitzernden, haarigen Schlitz gerichtet und ihre Zunge leckte über ihre vollen Lippen, während Kat mit der rechten Hand Michelles wunderschöne Brustwarzen streichelte, während ihre linke zwischen ihren milchigen Schenkeln vergraben war.

"Gefällt dir was du siehst Michelle?" Ich fragte ihn.

"Ja Ma'am, sie ist so schön und wehrlos", sagte Michelle.

"Werden Sie von schmutziger schwarzer Muschi angemacht?" ich schrie

"Ja Ma'am ... Ähm ... Nein ... ich bin nicht ..." Michelle versuchte sich zu entschuldigen.

"HABEN SIE VERGESSEN, DASS SIE ZUR ARISCHEN RENNEN GEHÖREN? Wir sind dazu bestimmt, die Welt zu regieren. Es liegt in unseren Genen, anderen unsere Vorherrschaft und Regeln aufzuzwingen. Wir müssen die ganze Welt versklaven und den Beginn einer neuen Ära bringen. Die Ära des NEUEN! BESTELLUNG! Es wird keine anderen Herren als uns geben. Schwarze, Gelbe und Rote sind verpflichtet, für den Ruhm des Dritten Reiches zu dienen und zu arbeiten. "

"Schau und sag mir, was zwischen dir und dieser Schlampe gemeinsam ist. Sie und Kat gehören zu den besten Beispielen, die unsere Rasse zu zeigen hat. Kat ist groß, weiß und klug; Sie sieht aus wie eine Walküre aus dem Norden, voller Macht und Ruhm, bereit, ihre Feinde zu töten, und sie ist es!

„Du ähnelst deinen großen gälischen Vorfahren, die nie aufgehört haben, tapfer gegen all ihre vielen Feinde zu kämpfen, durch dick und dünn. Diese großen Männer und Frauen haben Sie unauslöschlich geprägt. Kannst du es nicht sehen? Kannst du es nicht fühlen? Haben Sie nicht gelesen, wie sie gekämpft und ihre Kultur, ihre Familien und ihr Land verteidigt haben? "

„Bist du sicher, dass du dich mit diesen Leuten vergleichen willst, die ihre ganze Zeit damit verbringen, nackt herumzulaufen und sich im Schlamm zu paaren? Was wissen sie über Kultur und Zivilisation? Absolut gar nichts. Sogar mein Dobermann kann sie alle mit äußerster Leichtigkeit schlagen. "

„Ihre Nation hat so viele großartige Männer und Frauen großgezogen, die so viel zur Welt beigetragen haben, dass es keinen Sinn macht, sich auf ihre Leistungen zu beziehen. Sie entehren Ihr Erbe. Du machst mich fertig! ""

"Es tut mir leid, Miss Vicky, ich habe nicht gemeint, was ich vorher gesagt habe. Ich bitte Sie demütig, mir zu vergeben. Bitte, Ma'am, ich bitte Sie. Schicken Sie mich nicht zum Exekutionskommando. Ich ... werde alles tun, um Ihnen zu gefallen Ich mache immer ... Bitte ... ", bat Michelle.

"Du bist sehr glücklich, Michelle, weil ich viel Liebe für dich in meinem Herzen habe. Ich werde dich nicht meinen Vorgesetzten melden, aber ich werde dir den Wunsch erfüllen, den du gesucht hast. Ich gebe dir die Gelegenheit, diesen elenden gebrauchten Anus und die Muschi zu bedienen DER ARSCH, SCHLAMPE !!! ", schrie ich sie an und knöpfte die knielange schwarze Lederjacke meines Offiziers auf.

Michelle kniete nieder und kroch auf Ginas Rücken.

Ich zog meine Jacke aus und stand mit gespreizten Beinen und Händen auf meiner Taille da.

Sie trug ein schwarzes Lederkorsett, das die Brust nicht bedeckte, Hosenträger und ein Paar passende Handschuhe.

Vier Reihen Metallketten, deren Kanten an jedem Riemen befestigt waren, bedeckten meine nackten Brüste, und ein lückenloser Lederriemen umarmte meine festen Hüften.

Sie trug auch oberschenkelhohe Lederstiefel mit Stilettos.

Michelle begann Ginas perfekten schwarzen Arsch mit Ungeduld zu streicheln und zu küssen.

Seine Hände öffneten und schlossen ihr Gesäß mit ungezügelter Lust.

Er knetete, massierte, küsste und leckte diese schwarzen Kugeln in dieser Reihenfolge, ohne auf etwas anderes zu achten.

Seine Zunge wurde verrückt in der Spalte von Ginas Arsch und neckte das Schwarze Loch unerbittlich mit der Spitze.

Er steckte sogar seine Nase hinein und atmete den moschusartigen Geruch ihres Anus ein.

"Kat, ich möchte, dass du Michelles Arsch ohne Reue verprügelst. Bring ihr eine Lektion bei. Disipliniere sie so, wie ich es tun würde", sagte ich mit völligem Ekel.

"Mmmmm ... ich werde auf jeden Fall Herrin ... mein Vergnügen", antwortete Kat glücklich.

"Lass diesen Hintern rot werden! Bestrafe und pflüge seinen kühnen Hintern mit dem Instrument der Zerstörung! Ich möchte sehen, wie seine samtig weiße Haut Tränen des Blutes vergießt!" Ich stachelte sie an.

"Ha. Herrin."

Gehorsam hob Michelle ihren Hintern und wartete auf das Unvermeidliche, obwohl sie ihre flinke rote Zunge immer wieder in Ginas Analkanal drückte.

Sie muss einen tollen Job gemacht haben, denn Gina keuchte und wiegte ihr Becken unkontrolliert.

Kat setzte sich hinter Michelle und versetzte Michelle den üppigen Hintern den ersten Schlag.

Ihre Seiten drehten sich und sie stöhnte ein wenig in Ginas Arsch.

Kat schlug erneut zu und Michelle biss fest auf Ginas Arschfleisch, die wiederum stöhnte und ihren Rücken krümmte.

Ich ging zu Gina hinüber und fing an, ihre geschwollenen braunen Brustwarzen zwischen Daumen und Zeigefinger zu rollen.

Sie schrie vor Qual und ich schlug sie viele Male.

Dann umfasste ich ihre Brüste und knetete sie hart.

Ich nahm mir etwas Zeit, um ihre Brüste zu missbrauchen, während ich in ihre Augen sah.

In der Zwischenzeit schlug Kat Michelle mit großer Erfahrung auf den Arsch und viele rote Striemen waren auf ihrer geschlagenen Haut aufgetaucht.

Michelle hat nie aufgehört, Ginas Arsch zu ficken, obwohl ihr Hintern sehr unter Kats Regen von Schlägen litt.

"Hast du mir etwas zu sagen?" Ich fragte Gina ironisch.

"Mmmmmm ... Au! ... Oohhh ... ich habe dir gesagt ... ich weiß nichts ... bitte ...", stöhnte er.

"Also, du denkst über deine Geschichte nach. Okay, ich werde dann weitermachen."

"Kat! Hör auf deine Muschi zu reiben und konzentriere dich auf deine Pflicht. Zieh den großen Phallus an und fick Michelles Arsch. JETZT!"

Als Kat ihren acht Zoll langen, drei Zoll breiten Phallusgurt an ihrer Taille festschnallte, nahm ich eine fünfschwänzige Lederpeitsche vom Tisch in der Nähe.

Dann fing ich an, Ginas kleine Titten zu peitschen und achtete darauf, auch bei jedem Schlag auf ihre harten Nippel zu schlagen.

Er beleidigte sie auch mit Namen wie billige Hure, benutzte Muschi, schwarze, schmutzige Schlampe, schmutziger Anus und andere.

Kat stellte sich hinter Michelle und setzte sich auf sie.

Er beugte die Knie, legte Michelles Lederseil beiseite und führte den Kopf des Phallus zum Eingang ihres Anus.

Zu diesem Zeitpunkt war Michelle auf den Knien und küsste und leckte Ginas Knöchel.

Kat drückte hart und pflanzte ihren "weiblichen Penis" in Michelles enge aufnahmefähige Analöffnung.

Michelle schüttelte den Kopf, warf ihre Haare in die Luft und stöhnte vor Schmerz, als Kat ihre Seiten mit den Händen ergriff und sie als Anker benutzte, um sich zu stabilisieren.

Dann fickte Kat Michelle heftig in den Arsch, indem sie schnell und gleichmäßig ging.

Als ich Ginas freche Titten verprügelte, bemerkte ich, dass ihr haariger Hügel und Schlitz durchnässt waren.

Ihr roter Kitzler ragte aus ihrer schwarzen Kapuze heraus, überreizt von der andauernden Aktion.

Die Schokoladenhure muss genossen haben, was geschah.

Ich wandte sofort meine Aufmerksamkeit zurück und fing an, ihren Bauch und ihre Schenkel zu peitschen.

Die Lederriemen meiner Peitsche schmiegten sich wild wie Serpentinenzungen an jede Kurve seines Körpers und hinterließen überall ihre unbestreitbaren Spuren.

Sogar ihr geschwollener Kitzler wollte ihre Leidenschaft teilen, als sie sich mühsam bemühte, die Strafe zu erhalten, die sie so dringend brauchte.

Ein paar gezielte Schläge auf seinen empfindlichen Knopf befriedigten dieses böse Streben nach Erleichterung voll und ganz, obwohl er den qualvollen Schmerz zu zahlen hatte.

"Wasser ... bitte ... gib mir etwas Wasser ... ich bin so durstig ... Herrin", bettelte Gina.

"Nur wenn du mir gibst, was ich verlange, werde ich deine Wünsche erfüllen. Bist du bereit zu reden?" Sagte.

"Bitte ... ich bin kein Spion ... nur ... ein Tourist ... ich ... brauche ... Wasser."

Ich wurde blass und stand regungslos und sprachlos da.

Ich stellte mir vor, wie ich vor dem Exekutionskommando stand ... dann ein starker Schlag ... mich umarmte und die dunkle Erde biss ... mein Vater gab mir den letzten Schlag (letzten Schlag) mit seiner Pistole ...

Das hatte keinen Wert.

Der Abschaum hatte sich als sehr schwer zu knackende Nuss erwiesen.

Mein Leben wäre keinen Cent wert, wenn ich meine Pflicht nicht erfüllen würde.

Ich schaute auf den Boden und sah, wie Kat und Michelle sich leidenschaftlich liebten.

Michelle lag mit weit gespreizten Beinen auf dem Boden und Kat war oben auf ihr und schlug wie eine verdammte Seele auf ihre kochende Muschi.

Sie drückten ihre aufgeregten Brustwarzen gegeneinander und ihre roten Zungen waren in einem rasenden Walzer verwickelt.

Kat und Michelle könnten sich nicht weniger um meine Zukunft kümmern.

Das Blut in meinen Venen begann zu kochen und mein Sehvermögen wurde immer dunkler.

Er konnte sich nicht entscheiden, was er zuerst tun wollte.

Sollte ich Gina langsam mit bloßen Händen sehr langsam erwürgen?

Oder fangen Sie an, Kat und Michelles Hintern ohne Unterbrechung zu treten?

"Kat und Michelle hören auf, was Sie tun und kommen hierher! JETZT! Lösen Sie Ginas Ketten und machen Sie sich bereit!" Ich habe sie bestellt.

Sie taten, was ihnen gesagt wurde, und Gina fiel mit erhobenen Händen auf die Knie.

"Michelle, unsere Gefangene hat Durst. Gib ihr deinen Nektar."

"Er liebt es auf jeden Fall."

Michelle brachte ihr Becken näher an Ginas Mund und zog ihre Lederunterwäsche beiseite. Sie teilte ihre Rosenblätter und ließ ihren dampfenden, salzigen Urin los.

Gina öffnete ihren weiten Mund und streckte die Zunge heraus, als Michelle ihren Urinstrom direkt in ihren durstigen Hals führte.

Sie schluckte eifrig Michelles gelben Fluss, als ihre Zunge jeden Tropfen auffing, der sein Ziel in der Luft verfehlte.

Kat ging hinüber und fing an, auch auf Gina zu pinkeln.

Sie badeten ihre Nase, Augen, Mund und Titten mit ihren goldenen Flüssigkeiten.

Gina wurde verrückt, als sie versuchte, die Urinströme von Kat und Michelle gleichzeitig zu schlucken, weil sie keinen einzigen Tropfen verpassen wollte.

Nachdem sie mit dem Urinieren fertig war, klebte Michelle ihre feuchte Muschi auf Ginas Lippen.

Gina fing sofort an, an ihren Samtblättern zu lecken und zu knabbern, saugte tief und schluckte Flüssigkeiten der Liebe und des Urins.

Ich schickte Michelle, um einen achtzehn Zoll großen schwarzen Dildo anzuziehen, und Kat nahm ihren Platz an Ort und Stelle ein.

Gina öffnete den Mund so weit sie konnte, um Kats großen Phallus aufzunehmen.

Kat führte seinen "weiblichen Penis" in ihren Hals und begann ihre Hüften von einer Seite zur anderen zu schaukeln.

Gina war ein paar Mal übel, schluckte es aber weiter.

Er gewöhnte sich schnell an seine unglaublichen Dimensionen und begann seinerseits den Kopf zu schütteln, als er Kat's Stößen in der Mitte begegnete.

Ich befahl Kat, sich auf den Boden zu legen und ihr Becken zwischen Ginas Schenkel zu legen.

Sie tat es und stellte ihren "Phallus" aufrecht.

Gina sprang buchstäblich auf ihn und ihre erhitzte schwarze Muschi verschlang ihn sofort.

Sie wiegte ihren Körper zu schnell mit Kats hartem Werkzeug und ihre Brüste schaukelten im Takt seiner Bewegungen auf und ab.

Michelle packte Ginas Haare und ließ sie sich bücken.

Gina lag ganz auf Kat und ihre Brüste kamen in Kontakt.

Michelle kniete sich hinter sie und spreizte Ginas Gesäß.

Sie genoss den Anblick von Ginas Arsch für einen Moment und legte dann den Kopf ihres schwarzen Dildos dort hin.

Michelle drückte hart und fuhr mit ihrem Kopf mühsam über Ginas widerstrebenden Schließmuskel.

Gina wiederum schrie, als sie spürte, wie ihr Hintern heftig durchdrungen wurde.

Es schien, als wäre Ginas Schrei das Signal für Kat und Michelle, verrückt zu werden.

Michelle fing an, Ginas Arsch wie eine heiße Hündin zu hämmern, und Kat stieß mit ihrem Becken gegen Ginas gedehnte Muschi, während seine Hände ihre Brustwarzen drückten.

Mit zwei Werkzeugen, die ihre Löcher wie gut geschmierte Kolben bearbeiteten, hatte Gina keine andere Wahl, als zu erliegen.

"¡¡¡¡¡¡¡¡¡¡¡¡¡¡¡¡Oh Gott! Ich bin eine Hure! BITTE ... FICK MICH ... BEIDE ... SIE GLEICHZEITIG! ICH MÖCHTE ... EINE NAZI-SCHLAMPE SEIN ... ICH ... MÖCHTE ... Ich werde es dir sagen ... ALLES ... NUR ... FICK MICH FICKEN. .. BITTE !!! OHHH ... Ich werde kommen !!!!!!!!!! "

"Ich weiß, dass du es wirst", sagte ich mit einem großen Lächeln auf meinem Gesicht.

# ENDE

# DEEP THROAT (BDSM)

# VORWORT

Ein paar Jahre zuvor

Alles begann, als der Direktor einer großen Nachrichtenfirma während einer feierlichen Veranstaltung ein sehr einfaches Angebot machte:

"Komm in mein Büro", sagte er. "Ich würde gerne einige Geschäftsmöglichkeiten mit Ihnen besprechen."

Barbara fühlte, dass sie über den Wolken schwebte.

Nachdem er die Nacht bei der aufwendigen Gala mit Prominenten und Politikern verbracht hatte, war dies sicherlich seine Chance, einen Vollzeitjob in der Welt der Kabelnachrichten zu bekommen.

"Das wäre erstaunlich", antwortete sie erstaunt.

"Komm schon. Du hast wahrscheinlich gehört, dass wir gerade darüber nachdenken, eine neue Live-Show zu entwerfen, und wir suchen nach neuen Gesichtern."

Im letzten Jahr hatte er für dieses Unternehmen rechtliche Analysen zu einigen der am besten bewerteten Programme vorgelegt.

Auf Twitter schien er seine Analyse zu lieben.

Und in dieser Firma mussten Frauen schön sein und gut sprechen, um erfolgreich zu sein.

Barbaras blondes Haar, ihr scharfer Witz und ihre freche Nase gaben ihr das Zeug zu einem Fernsehstar.

"Das würde mir gefallen", sagte er mit seinem Lächeln vom Kaliber der Primetime und behielt sein professionelles, aber freundliches Auftreten bei.

Die Offensive mit dem Charme der Exekutive war auf ihrem Höhepunkt und sie verließen die Partei, um die Dinge privat zu besprechen.

Das Büro war nicht weit entfernt.

Sie überquerten die Straße, sie in ihrem glamourösen Kleid und er in seinem eleganten Smoking.

Das Gespräch war locker und kokett, als wären sie eher beim ersten Date als bei einem Vorstellungsgespräch.

Als sie die Exekutive erreichten, hatte Barbara das Gefühl, in eine Welt eingetreten zu sein, in der regelmäßig Millionen-Dollar-

Verhandlungen stattfanden, in der Karrieren gemacht oder zerstört wurden.

Sie setzte ihr perfektes Pokerface auf und war entschlossen, ihre Nerven zu maskieren.

Das Hauptbüro war ungewöhnlich.

Es wurde entworfen und eingerichtet, um einem gemütlichen Zuhause zu ähneln.

Es gab Ledersofas und Holzschränke.

Es gab Bücher in den Regalen und Bilder an der Wand.

Die Wände hatten eine dunkle Farbe und es war leicht, sich entspannt zu fühlen.

Nachdem der Chef ein paar Gläser Scotch eingegossen hatte, stand er Schulter an Schulter mit Barbara vor einem großen Fenster mit Blick auf die Stadt.

Dort diskutierten sie ihre Ambitionen, Hoffnungen und Träume.

Als er diese Fragen ehrlich beantwortete, wurde sie ermutigt, dass er zu erkennen schien, dass sie mehr als nur ein schönes Gesicht war.

"Lass uns zur Sache kommen", sagte er und lehnte sich dicht an ihr Ohr. "Sie sind eine sehr kluge Frau und ich bin sicher, Sie haben bereits entdeckt, wie dieses Geschäft funktioniert."

Sie hob eine Augenbraue.

"Oh? Und wie funktioniert es?"

"Nun, weißt du, schöne Frauen wie du schaffen es nicht zum Moderatorensitz in meiner Firma, es sei denn, sie kooperieren."

"Ich war schon immer ein Teamplayer", antwortete Barbara.

Er zeigte ein charmantes Lächeln.

"Du weißt was ich meine, richtig?"

"Oh ja?" Sie lachte. "Für dich und wer sonst?"

Barbara wusste genau, worauf sich der Chef bezog, als sie die Gerüchte gehört hatte.

Sie hatte angenommen, dass das meiste davon reines Hörensagen war, oder so schien es ihr, also dachte sie, der Chef würde diese Gerüchte benutzen, um sie zu ärgern.

Sie versuchte zu lachen und hoffte, dass es ein Missverständnis war.

Trotzdem meinte er es ernst.

"Jeder in der Politik und in den Medien hat einen Freund. So funktioniert es. Und wenn dies passieren würde, würden Sie perfekt passen. Sie haben alle Eigenschaften, die ich bei einer Frau suche."

Sie schluckte.

"Und was müsste ich tun?"

"Wenn du mit den großen Jungs spielen willst, musst du nach unseren Regeln spielen. Vielleicht musst du ab und zu einen Blowjob geben."

Da sie eine Frau war, die es liebte, Schwänze zu lutschen, war es ein interessanter Vorschlag.

Aber er hatte noch nie zuvor Geschäfte mit Vergnügen vermischt.

Mit seiner endgültigen Vorlage am Horizont hatte er sich noch nie so konfliktreich gefühlt.

"Du machst wohl Witze", sagte er vorsichtig.

"Fühlen Sie sich dadurch unwohl?"

"Sie sind ein wirklich charmanter Mann, aber ich habe mich bei meiner Arbeit immer auf die Macht des Verdienstes verlassen. Ich habe mein ganzes Leben lang sehr hart gearbeitet."

"Du kannst nicht so naiv sein", fragte sie. "Ich bin sicher, die meisten Ihrer Chefs haben versucht, Sie zu ficken. Und wahrscheinlich auch einige Ihrer Chefs."

"Ich weiß. Du hast Recht. Ist es das, was du jetzt versuchst? Versuch mich zu ficken?"

Er nickte kurz.

"Um ehrlich zu sein, ich bin gerne dominant. Aber ich bin auch äußerst großzügig gegenüber meinen Mitarbeitern. Ich kann Sie zu dem Star machen, der Sie immer sein wollten, weil Sie dieses Potenzial haben. Haben Sie jemals an BDSM-Aktivitäten teilgenommen?"

"Niemals", antwortete sie und fühlte sich außer Atem.

"Ängstlich?"

"Das wurde ich noch nie gefragt. Ich wäre jedoch offen dafür, aber mit der richtigen Person."

"Soweit ich weiß, waren Sie schon immer eine heterosexuelle Frau", sagte sie. "Das ist in Ordnung. Aber an dem Omelett ist nichts auszusetzen. Und ich liebe es, Frauen in meinem lustigen Stil vorzustellen und zu trainieren."

Barbaras Herzschlag stieg bei dem Gedanken, "trainiert" zu werden.

Es war ein verlockendes Angebot, zumal er Erfahrung zu haben schien.

Sie holte tief Luft.

"Du lässt mich jetzt rot werden."

Sie standen sich gegenüber.

Die Chefin sah ihr tief in die Augen, als würde sie seinen nächsten Schritt planen.

Der Chef ging von ihr weg und öffnete eine Schreibtischschublade.

Darin befanden sich alle Arten von Spielzeug; Paddel, Prügel, Vibratoren.

Die Stimmung im Raum änderte sich, als er eine Leine an einem Lederhalsband nahm.

"Bist du ein guter Schwanzlutscher?" fragte er teilnahmslos, während er die Spielsachen hielt.

Sie schluckte.

"Ja, das bin ich. Ich liebe es."

"Hast du dabei einen Würgereflex?"

"Normal", gab er zu.

"Nun, ich muss Ihre mündlichen Fähigkeiten auf die Probe stellen. Das ist doch eine sehr wichtige Eigenschaft für jeden Nachrichtensprecher, finden Sie nicht?"

Die nächsten fünfzehn Minuten war Barbara auf den Knien, als sie ihn absaugte, nachdem er den Kragen um ihren Hals gelegt hatte.

Er hatte sich noch nie so hilflos gefühlt wie jetzt, als er den Riemen spürte, den sein Chef festhielt.

Als sein dicker Schwanz in ihren Mund eindrang, konnte er nur den Umfang aufnehmen, als er anfing, daran zu saugen.

Als Zeichen der Meisterschaft zog er von Zeit zu Zeit fest an der Leine.

Wenn das Ziel darin bestand, ihren Würgereflex zu testen, war sie entschlossen, diesen Test zu bestehen.

Als der sexuelle Akt vorbei war, war Barbaras früheres glamouröses Aussehen vollständig verschwunden.

Ihre Wimperntusche lief über ihre Wangen vor Tränen, die von Übelkeit herrührten.

Ihr Lippenstift war verschmiert und es gab Tropfen weißer Milch auf ihrem Kinn, die um ihren Mund sickerten.

Barbara senkte den Kopf, damit er den Riemen entfernen konnte.

Dies war gleichzeitig berauschend und demütigend gewesen.

Sie fühlte sich verwirrt und wusste nicht, wie sie nach einem solchen Moment reagieren sollte.

Dies war sicherlich Neuland.

Der Finger des Chefs hob ihr Kinn und sie sahen sich in die Augen.

Sie blieb auf den Knien, der nasse Schwanz des Chefs baumelte immer noch vor ihrem Gesicht.

"Erzähl niemandem davon", sagte er mit einem schlauen Lächeln. "Aber alles wurde auf Video aufgezeichnet. Ich habe gerne die ganze Macht. Ich habe Ihre Aufmerksamkeit erregt, oder? Lassen Sie uns jetzt über Geschäfte reden."

Barbara schnappte nach Luft, bevor sie ein falsches Lächeln auf ihr Gesicht setzte.

# KAPITEL 1

Nach drei Wochen sorgfältiger Ermittlungen und Überwachung war Julieta in Bewegung.

Vorbei war ihr eigenes kurzes, unordentliches braunes Haar.

Jetzt war sie blond.

Ihre zuvor einfache Garderobe war durch ein sexy Kleid ersetzt worden, das die Formen ihres Körpers betonte.

Nicht viele bekannte Personen aus ihrem Privatleben hätten sie erkannt.

Sie könnte das sein, was ein Kunde von ihr brauchte.

Niemand sah aus wie ihre und wagte es nicht, ihre wahren Motive in Frage zu stellen, als sie unter einem falschen Namen in den Sicherheitsschalter der Lobby eincheckte.

Und jede verbleibende Sorge, die sie hatte, in ihren neuen Absätzen halb zu schwanken, war verschwunden.

Sie hatte diese High Heels bereits gemeistert und bemerkte tatsächlich ein paar wandernde Augen an ihren Beinen.

Auf dem Fliesenboden klickten ihre Fersen kräftig, als sie zum Fahrstuhl ging.

Oh ja, sie war angekommen.

***

Nachdem er das entsprechende Stockwerk erreicht hatte, ging er den Flur entlang zu einem Ort, von dem er nie gedacht hatte, dass er ihn besuchen würde.

Julieta kam an vielbeschäftigten Praktikanten, überfahrenen Mitarbeitern und klugen, sexy Frauen vorbei, die sich auf ihre Fernsehauftritte vorbereiteten, und fügte sich ineinander.

Um die Ecke war die Umkleidekabine.

Drinnen sah sie ihre ältere Schwester von den anderen getrennt vor einem Spiegel sitzen, als ein Team von Stylisten ihre Magie beendete.

Wie immer, wenn sie sie nach einer Weile sah, war Julieta erstaunt über die Schönheit ihrer älteren Schwester.

Es war Jahre her, seit sie das letzte Mal persönlich gesprochen hatten.

Sie waren immer getrennt gewesen, als ihr Familiendrama eine Lücke zwischen ihnen hielt.

Aber am Ende ist Familie Familie, und sie fühlte sich gezwungen, alles für ihre ältere Schwester zu tun.

Sie klopfte an den Türrahmen, um seine Aufmerksamkeit zu erregen, und die Stylisten sahen sie mit milder Neugier an.

Nach einem Moment passte sich ihre ältere Schwester an Julias neuen Look an.

Barbara deutete auf die Assistenten für Make-up und Garderobe.

"Wir sind fertig. Geben Sie uns etwas Privatsphäre."

Die Angestellten flohen vor ihrem anspruchsvollen Chef und ließen die Schwestern allein.

"Überrascht mich zu sehen?" Fragte Julieta, betrat den Umkleideraum und schloss die Tür.

"Eigentlich bin ich das. Es wundert mich, dass du nicht mehr wie ein Wildfang aussiehst. Du siehst mir jetzt sehr ähnlich, in diesem Kleid und Make-up. Und diesen Absätzen. Mein Gott, ich habe dich noch nie so gesehen.

"Es ist fast poetisch, dass wir in einer Umkleidekabine zusammenfallen, findest du nicht?"

"Es tut mir alles leid", antwortete Barbara. "Ich wünschte, die Dinge hätten zwischen uns anders sein können. Vielleicht können wir nach all dem ..."

Juliet intervenierte.

"Wir können das nächste Mal unsere Differenzen klären. Ich bin hier, um einen Job zu machen, und ich muss meinen Kopf an Ort und

Stelle halten. Ich habe so etwas noch nie gemacht. Niemals. Und das nur, weil wir eine Familie sind."

"Danke. Sie werden für Ihre Arbeit gut belohnt."

"Basierend auf dem, was ich in den Boulevardzeitungen über Sie gelesen habe, erwarte ich eine ernsthafte Rate. Es hört sich so an, als hätten Sie mehrere beeindruckende Angebote von anderen Kabelnetzen erhalten."

"Wenn Sie mir helfen können, müssen Sie nur Ihre Rate sagen."

Juliet nickte.

"Ein Freund konnte die Sicherheitscodes und die Grundrissgestaltung erhalten. Das ist definitiv machbar."

"Welche Freunde hast du?"

"Sie brauchen ein Team, um diese Art von Arbeit zu erledigen", antwortete Julieta. "Gibt es noch etwas, das ich wissen muss? Hat er Sie jemals offen bedroht? Wenn ich das tue, wird er dann vermuten, dass Sie beteiligt waren?"

Barbara schüttelte den Kopf.

"Auf keinen Fall. Er hat mich nie bedroht oder so. Es sind nur Hinweise und Anspielungen im Moment. Er weiß, dass ich Lebensläufe einreiche und ich hier raus will. Dann macht er abfällige Kommentare zu unserer kleinen Videosammlung und. .. na ja ... du kommst auf die Idee. "

"Das ist Erpressung".

"Nenn es wie du willst".

"Passiert das auch anderen Frauen in dieser Firma?" Fragte Julieta.

Barbara hätte fast gelacht.

"Er hat mir einmal gesagt, dass attraktive Frauen wie ich nicht auf Sendung gehen, ohne etwas dafür aufzugeben. Und ich weiß, dass viele Frauen sein 'verdammtes Spielzeug' sind, wie er es nennt. Sobald die Erpressung herauskommt, Niemand macht einen weiteren Schritt. Sie haben Angst, nachdem sie entdeckt haben, dass ihre intimsten Momente ohne ihr Wissen aufgezeichnet wurden.

Mit ihrem scharfen Auge bemerkte Julieta eine schwache Reihe von Linien an den Seiten des Halses und der Schultern ihrer Schwester.

Er kämmte Barbaras wunderschöne blonde Haare zurück und legte die Spuren frei.

"Das war einvernehmlich, hoffe ich", sagte Julieta, bevor sie sanft die Linien berührte.

Barbara hob die Wimpern.

"Es ist immer einvernehmlich."

Nachdem Juliet während ihres gesamten Erwachsenenlebens menschliches Verhalten studiert hatte, las sie in die Körpersprache und den Ton ihrer Schwester.

Sie zögerte zu fragen, wollte es aber wirklich wissen.

"Magst du Sex mit ihm?"

"Ja", sagte Barbara ohne zu zögern. "Du warst schon immer eine neugierige kleine Schwester. Ich bin sicher, du wirst es bald verstehen. Ich wünschte du hättest es nicht, aber ich weiß, dass du es wirst."

"Ich muss mir einige der Videos ansehen. Ich werde nicht seine gesamte Festplatte löschen. Nur die Dinge, die ich verwerfen soll."

"Fair genug. Ich werde versuchen, mich von all dem nicht zu schämen."

"Ich habe Geheimnisse, um zu leben", antwortete Julieta.

"Danke. Also wie wirst du es machen?"

Julieta griff in ihre Tasche und holte ein normal aussehendes Smartphone heraus.

Er hielt es Barbara hin, um es zu untersuchen.

Nach dem Einschalten des Bildschirms erschien ein verschlüsselter Code, der deutlich machte, dass es sich nicht um ein normales Telefon handelte.

"Es ist die Art von Dingen, die Spione benutzen", sagte Juliet in einem verschwörerischen Flüsterton. "Ich werde es an Ihre Festplatte anschließen und alles belastende belasten. Wenn es für etwas Stärkeres als das Aufzeichnen von Frauen verwendet wird, die Sex haben, stürzt Ihr Computer ab. Wie gesagt, ich mache das nur, weil Sie es sind."

Barbara zeigte ihr preisgekröntes Lächeln.

"Ich wusste nicht, dass ich eine sexy Nerd-Technik bei meiner Schwester habe. Vielen Dank. Du bist ein Lebensretter."

"Danke mir noch nicht, Barb. Es ist ein riskanter Job. Und denk daran, dass diese Technologie mich ein Vermögen gekostet hat, also hoffe ich, dass du mich gut bezahlst."

"Juli, wenn ich diesen Vertrag bei einer anderen Kabelfirma habe, können Sie es sich leisten, ein ganzes Jahr in den Urlaub zu fahren. Vertrauen Sie mir."

Als Juliet merkte, dass sie ihren Job machen musste, sah sie auf die Zeit.

Ja, es war Zeit zum Handeln.

"Ich muss gehen", sagte Julieta. "Das Fenster der Gelegenheit ist im Begriff, sich zu öffnen."

Trotz ihrer langen Zeit der Entfremdung blieben ihre Brüderlichkeitsbeziehungen bestehen.

Und als sie sich nervös verabschiedeten, waren sie entschlossen, siegreich zu sein.

# KAPITEL 2

Stevens 'Büro befand sich in der Geschäftsleitung.

Wie erwartet unterhielten sich mehrere andere Frauen in der Lobby, alle professionell gekleidet.

Obwohl sie wie korporative Frauen aussahen, waren sie tatsächlich für andere Zwecke eingestellt worden.

Julieta saß im Flur und mischte sich unter alle anderen Frauen.

Sie war nervös und aufgeregt in der Umgebung.

Als die Zeit gekommen war, kamen zwei große Männer in schwarzen Anzügen und erklärten allen, dass der Prozess ordnungsgemäß durchgeführt werden würde.

Die Frauen stellten sich an und einer der Sicherheitsleute hielt eine Zwischenablage hoch, um ihre Namen zu überprüfen.

Julieta stand am Ende der Reihe und wusste, dass dies eine ziemliche Herausforderung sein würde.

Aber sie war bereit.

Sie war eine findige Frau, sie hatte immer Alternativen.

Als sie an der Reihe war, war sie vor den beiden massigen Männern zurückhaltend, denen jede der schönen Frauen gleichgültig erschien.

"Name?" fragte der ausdruckslose Mann mit den Augen auf der Liste.

"Karen".

Der Mann schaute auf die Liste und dann auf sie.

"Dein Name ist nicht hier. Hast du einen anderen Alias?"

"Hmm ... ich wusste, dass das passieren würde. Mrs. Andrea hat mich in letzter Minute hinzugefügt. Können Sie keine Ausnahme machen? Sie können sie anrufen, wenn Sie wollen."

"Das kann ich nicht", sagte der Mann in einem ernsten Ton. "Du bist auf der Liste oder nicht."

Juliet täuschte Enttäuschung vor und sprach mit weiblicher Stimme:

"Wie wäre es mit diesem Ausweis? Es scheint überall zu funktionieren."

Diskret hob er die Vorderseite ihres Rocks an und hakte mit seinem Daumen ihr Höschen ein.

Sie zog sich zurück und enthüllte eine frisch rasierte Muschi.

Dies war sein Backup-Plan, den er nur für seltene Momente vermeiden wollte, aber er wusste, dass er funktionierte, als der Mann mit dem steinernen Gesicht plötzlich sein Temperament brach und klaffte.

"Das scheint eine ausgezeichnete Identifikation zu sein", sagte er mit einem Nicken. "Gehen Sie voran, Fräulein Karen."

"Wie ritterlich von ihm", flirtete sie, als sie eintrat.

***

Die Episode ihrer Pussy-Exposition machte Juliet unangenehm, aber sie war bereit, die Regeln auf der Suche nach Gerechtigkeit zu biegen.

Das hat sie zu einer so erfolgreichen Privatdetektivin gemacht.

Die Gruppe von Frauen wurde in verschiedene Räume geleitet, in denen mehrere Männer warteten.

Heute war eine Art "Vorsprechen", Vorteile, die das Top-Management genießen durfte.

Er beobachtete die Situation heimlich und wartete, bis die letzte Frau in ein Zimmer schlüpfte, bevor er unentdeckt davonrutschte.

In ihren High Heels war es ein beeindruckender Schachzug.

Aufgrund der Arbeit ihrer Ermittlungen wusste sie, dass Stevens 'Sekretärin zu dieser Stunde nicht anwesend sein würde, damit sie nicht Zeuge der Ausschweifung wird.

Also ging Julia zum Hauptbüro und gab das geheime Passwort ein.

Mit diesem Passwort wurde die Tür geöffnet, so dass er diskret eintrat, ohne ein Geräusch zu machen.

Dies war Stevens 'Domäne, der Ort, an dem der Leiter der Firma sein Geschäft machte und Sex hatte.

Am wichtigsten war, dass sich hier die Festplatte befand.

Sie hielt einen Moment inne und genoss das Gefühl, allein im Büro des Chefs zu sein.

Er war in solchen Hochdruckjobs erfolgreich und fand das Risiko berauschend.

Er war überrascht, dass das Büro wie eine Luxuswohnung aussah.

Es war sehr einladend.

Die Zeit war entscheidend und sie ging direkt zum Computer.

Nachdem er den Bildschirm eingeschaltet hatte, sah er, dass er passwortgeschützt war, wie er es bereits erwartet hatte.

Sie griff in ihre Tasche und steckte das modifizierte Smartphone in den USB-Eingang des Computers.

Erfolg.

Schutz im Liegen.

Als Juliet die Akten durchblätterte, stellte sie fest, dass sie nun Zugriff auf alle privaten Informationen von Stevens hatte.

Sie wusste sofort, dass dieser Computer mit einem ganzen Netzwerk versteckter Kameras auf dieser Etage verbunden war.

Er klickte auf einen von ihnen und war überrascht, was in einem anderen Raum am Ende der Halle geschah.

Zwei Frauen flirteten mit einem Mann und schienen abwechselnd einen Dildo zu schlucken.

In einem anderen Raum hatten drei Frauen ihr Höschen herunter und es schien, als würden sie sich einen Vibrator teilen.

Er schaltete die Kameras aus und suchte wieder in den Computerdateien.

Und er fand schnell, wonach er suchte.

Hurensohn, flüsterte sie vor sich hin.

Es gab Ordner für einige der besten Moderatorinnen im Internet, zusammen mit einigen anderen Personen, die sie erkannte.

Allen gemeinsam war das Aussehen eines mächtigen Mädchens: strahlendes Lächeln, auffällige Beine, glamouröses Haar und großartiger Sexappeal.

Juliet überlegte mit sich selbst, was sie als nächstes tun sollte.

Ihre versauteste Seite siegte am Ende und sie klickte, um einen Ordner namens 'Barbara' zu öffnen.

Ordner seiner Schwester.

# KAPITEL 3

Sie sah sich die letzte Aufnahme an, die zeigte, dass ihre ältere Schwester voll gepflegt und bereit war, ihre Nachmittagsshow zu beginnen.

Das Oberteil von Barbaras Kleid war hoch und eng an ihrer Taille.

Während sie mit dem Gesicht nach unten auf dem Schreibtisch des Chefs lag, fickte er sie von hinten.

In seiner Hand hielt er eine kleine Peitsche und peitschte fest auf Barbaras Rücken.

Wenn sie den Ton abspielte, war Julieta sicher, dass sie Schreie von Schmerz und Vergnügen hören würde.

Es sah so aus, als würde der Boss Barbara in den Arsch ficken.

"Schmutzige Schlampe", murmelte Juliet mit einem Lächeln vor sich hin. "So haben Sie diese Markierungen auf Ihrem Rücken."

Juliet konnte nicht widerstehen und klickte auf ein anderes Video.

Diesmal sah er seine berühmte ältere Schwester auf den Knien, die an einer Leine an einer Halskette gehalten wurde.

Ein stämmiger Mann, den sie von früher als Sicherheitsbeamten erkannte, zog an der Leine, während Barbara tief schluckte und zwischen den Atemzügen einen anderen Mann absaugte, der anscheinend ein leitender Angestellter war.

Der überraschende oder nicht so überraschende Teil war, dass Barbara am Ende, nachdem beide Männer ihren Mund mit Sperma gefüllt hatten, lächelte und sich über ihre Aufmerksamkeit zu freuen schien.

Mit einem mit Spermien gefüllten Lächeln schien sie sich später gut mit den Männern zu unterhalten.

Julietas Verdacht wurde bestätigt.

Sie wusste, dass es einen Grund gab, warum ihre Schwester nicht wollte, dass sie diese Videos sah.

Es gab nicht nur Sexvideos.

Tief im Inneren konnte er sehen, dass Barbara trotz der Erpressung ein echtes Produkt von BDSM geworden war.

In Wahrheit war es auch Julia.

Deshalb konnte sie sich nicht über ihre Schwester aufregen.

Sie hatte in ihren jüngeren Jahren viel Erfahrung mit hartem Sex, als sie zum Detektiv der Polizei befördert wurde.

Die Arbeit hatte ihre schlechten Momente, und Sex war etwas, das die Angst nahm und sie milderte.

Für sie war harter Sex besser zum Stressabbau als Drogen oder Alkohol.

Sie schloss das Video, in dem ihre Schwester einen Schwanz lutschte und überlegte, ob sie sich einen anderen ansehen sollte.

Aber je länger sie blieb, desto größer war die Chance, erwischt zu werden.

Er wollte den Frauen dieser Firma einen großen Gefallen tun, indem er die Dateien löschte und den gesamten Mainframe sperrte.

Der Chef hatte nichts verdient.

Er blieb stehen, als ihm ein Ordner namens "Power" auffiel.

Was zum Teufel könnte es sein?

Für einen Mann wie Stevens muss es etwas extrem Auffälliges gewesen sein.

Julias neugierige Seite siegte und sie warf schnell einen Blick darauf.

In dem Ordner befand sich eine Liste mit Nachnamen, von denen er einige erkannte.

Sie waren prominente Politiker auf allen Regierungsebenen.

Das konnte doch nicht das sein, was sie dachte, oder?

Er klickte auf einen erkennbaren Namen, der der Nachname des Bezirksstaatsanwalts der Stadt zu sein schien.

Es wurde ein Video abgespielt, das aussah wie eine geheime Aufnahme in einem luxuriösen Hotelzimmer.

Sein Verdacht wurde bestätigt, es war der Staatsanwalt, der auf Video Sex mit einer scheinbar weiblichen Eskorte hatte.

Der Staatsanwalt wurde gefesselt, während sie demütigende sexuelle Handlungen an ihm durchführten.

"Oh mein Gott", keuchte sie und stellte fest, dass sie gerade auf eine Erpressungsakte gestoßen war.

'Wofür zum Teufel war das? Würde es jemals benutzt werden? Wurde jetzt etwas benutzt? ' Sie wunderte sich.

Obwohl er seit vielen Jahren mit niemandem in der Polizei gesprochen hatte, waren dies Informationen, die an seine ehemaligen Kollegen weitergegeben werden mussten.

Aber sie hatte ein großes Problem.

Das Einbrechen in ein Büro und das Hacken in einen Computer ist ohne Haftbefehl illegal.

Er wusste, dass der beste Weg sein würde, eine Kopie dieses gesamten Materials zu erstellen und es anonym an seine ehemaligen Kollegen weiterzugeben.

Jemand würde wissen, was er damit anfangen sollte.

Leider hatte sie keine Ausrüstung dabei, um eine Kopie anzufertigen, was bedeutete, dass sie morgen zurückkommen und den Job beenden musste.

Julieta zog den Stecker aus der Steckdose und steckte ihn wieder in ihre Tasche.

Mit einem Papiertaschentuch reinigte er die Tastatur.

Bevor er das Büro verließ, schloss er die Augen und holte tief Luft.

Sie hatte viele Opfer gebracht und viele Schwierigkeiten im Leben durchgemacht.

Wäre das wirklich schlimmer?

Sie wusste, dass sie das bereuen würde.

Mit ihren dunklen Impulsen setzte sie eine Seite von sich frei, von der sie wünschte, sie könnte für immer einsperren.

Aber das wäre zum Wohle der Allgemeinheit.

Julieta öffnete die Tür und vergewisserte sich, dass die Küste frei war, bevor sie das Büro des Chefs verließ.

Um morgen in diese Wohnung zurückzukehren, müsste sie einen der Tests bestehen und in der Gruppe der Gefährten "initiiert" werden.

Ich würde diese Leute nie wieder sehen.

Sobald sie ihre Verkleidung fallen ließ, würden sie sie nie wieder erkennen.

Dann wäre es das Opfer wert gewesen.

# KAPITEL 4

Der Oralsexraum schien am wenigsten aufdringlich zu sein, da sie keine ihrer Körperteile abstreifen musste.

Wie ihre ältere Schwester war sie mit der Fähigkeit gesegnet, einen guten Schwanz in ihren Hals zu schieben, ohne sich übergeben zu müssen.

Wenn er dies einmal vor einer Gruppe von Fremden tun könnte, könnte er eine große Verschwörung stören.

Ironischerweise hatte sie noch nie eine so große Verschwörung entdeckt, selbst als sie ein offizieller Detektiv gewesen war.

Er betrat einen der Räume, in denen ein gut gekleideter Mann mehrere Frauen beim Saugen von Dildos unterschiedlicher Größe beobachtete.

Er studierte die Aufführungen sorgfältig, um herauszufinden, wer die besten natürlichen Fähigkeiten besaß, und wusste, was er tun musste, um sie zu verbessern.

Die Frauen hatten Tränen in den Augen, als das Make-up über ihre Wangen lief.

"Sie sind dran", sagte der Mann, nachdem die letzte Frau fertig war. "Du siehst aus wie ein acht Zoll großes Mädchen."

Juliet nickte und nahm die Herausforderung an.

"Kein Problem"

Der Mann war nicht beeindruckt, als hätte er diese Worte schon tausendmal gehört.

Er war es eindeutig gewohnt, Frauen zu treffen, die erfolgreiche Medienvertreter begleiten wollten und viel Geld hatten.

Juliet nahm den Dildo nonchalant, um sich in die Gruppe der Sexarbeiterinnen einzufügen.

Er öffnete den Mund und verschlang das Sexspielzeug auf einen Schlag.

Sie schloss die Augen, schlang die Lippen um den Dildo und saugte so fest, dass sich ihre Wangen um das Silikonspielzeug kräuselten.

Bei jedem Durchgang stieß er es vollständig in seine Kehle, ohne ein Geräusch zu machen.

Sie öffnete die Augen und zog den mit Speichel bedeckten Dildo aus ihrem Hals.

Oh ja, der Mann war zufrieden.

Er lächelte.

"Talentiert", sagte er und suchte nach einem anderen Spielzeug. "Mal sehen, wie du mit einem zehn Zoll großen umgehst."

Juliet behielt ihr Pokerface.

Sie wusste, dass dies ein großes Risiko war.

Er würde sicherlich ersticken, aber er konnte keine Schwäche zeigen.

Seine Fähigkeit, zurück zu gehen und den Job zu beenden, hing davon ab, dass dieser Gummi-Penis seinen Hals hinunterlief.

Nachdem er Dildos ausgetauscht hatte, hielt er den Atem an, als er ihn in seinen Mund steckte.

Sie zögerte nicht und entschied sich dafür, so entspannt wie möglich zu bleiben, um ihren Würgereflex nicht auszulösen.

Er hielt den Dildo an seine Kehle.

Bevor sie ein böses Gurgeln machen konnte, zog sie den Dildo aus ihrem Mund und holte tief Luft, wobei sie ein würdevolles Verhalten beibehielt.

"Ich will den Job morgen", sagte Julieta und zwang sich, ruhig zu klingen, obwohl sie mehr Zeit brauchen würde, um gut zu atmen. "Meine Blowjobs sind besser als jede andere Frau in diesem ganzen Gebäude."

Sie spürte die schmutzigen Blicke der anderen möglichen Begleiter im Raum, aber sie hatte wichtigere Dinge im Kopf als ihre Gefühle.

Der Mann nickte.

"Mit so einem Mund haben wir sicherlich eine perfekte Verwendung für Sie. Seien Sie morgen früh um zehn hier. Ihr Name wird auf der Liste stehen."

"Danke", lächelte er.

Als er den Raum verließ, sah er den großen Sicherheitsarbeiter noch einmal.

Diesmal schien er gut gelaunt zu sein.

"Ich bin übrigens Adams", sagte der Sicherheitsmann. "Ich habe gesehen, was Sie dort getan haben. Sehr, sehr beeindruckend, Miss. Sie sind ein ziemlich perfektes Paket."

Sie stand neben ihm.

"Mein Name ist Karen. Füge mich zu deiner Liste hinzu. Ich werde morgen früh hier sein und ich habe kein Problem mit irgendetwas."

Sie wusste, dass ihre freche Haltung den Sicherheitsmann nur dazu brachte, sie noch mehr zu wollen.

Dieser Gedanke brachte ihn zum Lächeln.

# KAPITEL 5

In dieser Nacht war Julieta nackt in ihrer Wohnung, frisch von einer heißen Dusche mit großem Dampf.

Dieses Maß an Stress hatte sie zuvor erlebt, aber mit der Beteiligung ihrer Schwester stand mehr auf dem Spiel.

Er wickelte sich ein Handtuch um die Haare, nachdem er seinen Körper getrocknet hatte.

Sie saß auf dem Bett und rief ihre Schwester an, die sicherlich gespannt auf Neuigkeiten war.

"Du hast es geschafft?" Fragte Barbara sofort, nachdem sie den Anruf beantwortet hatte.

"Es gab Komplikationen."

"Was!?"

Juliet konnte die Angst in der Stimme ihrer Schwester hören.

Es war vollkommen verständlich, da seine Schwester vorhatte, in wenigen Tagen Vertragsverhandlungen mit einem anderen Kabelunternehmen aufzunehmen.

"Ich kann es noch nicht erklären", sagte Juliet ruhig. "Du musst mir jetzt vertrauen. Es gibt noch mehr zu tun und ich werde morgen zurück sein."

Barbara schnappte ungläubig nach Luft.

"Warum? Was zum Teufel machst du?"

"Entspann dich. Ich habe alles unter Kontrolle."

Juliet betrachtete ihr nacktes Spiegelbild im Spiegel und machte eine Pose mit gewölbtem Rücken und gekreuzten Beinen.

Er nahm das Handtuch von seinem Kopf und ließ seine Haare teilweise zurückkämmen.

"Du weißt was passieren wird, oder?" Fragte Barbara mit aufrichtiger Besorgnis. "Sie können ein harter Haufen sein."

"Ich hoffe ich vermeide das. Ich habe gesehen, wie sie dich benutzt haben."

Nach einem Keuchen von Barbara herrschte einige Sekunden lang völlige Stille am Telefon, und Juliet hielt ihre Augen auf ihre eigenen Beine gerichtet.

Unzählige Kilometer auf Wegen im Freien zu laufen, hatte ihm unglaubliche Beine gegeben.

Barbara schnaubte.

"Es gibt einen Grund, warum wir nicht mehr reden."

"Ich weiß, das hätte ich nicht sagen sollen. Ich hatte einen hektischen Tag und morgen könnte es schlimmer werden."

"Mach nichts Dummes".

"Wir werden dieses Gespräch morgen beim Abendessen beenden", sagte Julieta. "Ich verspreche es. Aber im Moment konzentriere ich mich auf etwas Wichtiges."

Ihr Gespräch endete zu guten Konditionen, dann ging er wieder zur Sache.

Während sie noch nackt war, ging Julieta zu ihrer Schublade und fand ihren Lieblingsstrumpfgürtel und ihre Lieblingsstrümpfe.

Er hatte sie seit Jahren nicht mehr benutzt, brauchte sie nach seinem alten Job in der Vice-Einheit, der verdeckt arbeitete, nie wieder.

Sie stand vor dem Spiegel und zog sie an, schob die Strümpfe an ihren Füßen vorbei und befestigte sie an den Strumpfgürtelbändern um ihre Oberschenkel.

Sie posierte für den Spiegel.

Nach seinen Recherchen war dies der Fetisch des Chefs.

Besonders deutlich wurde dies in diesem Nachrichtennetzwerk, in dem die meisten Moderatoren tagsüber für ihre sexy Beine und kurzen Kleider bekannt waren.

Der Blick auf ihr nacktes Spiegelbild in Strumpfband und Strümpfen weckte viele schöne Erinnerungen.

Sie wusste, wie man diese Unterwäsche als Waffe benutzt.

Sie erinnerte sich an die Clubs, die sie früher besucht hatte, und dachte an den rauen und erniedrigenden Sex, mit dem sie Stress abgebaut hatte.

Ihre Finger bewegten sich nach unten und sie schloss die Augen, als sie sich berührte.

# KAPITEL 6

Julieta kehrte am nächsten Tag früh um ungefähr neun Uhr morgens zurück, um die Situation zu untersuchen.

Diesmal vermied er seine Schwester und ihre unvermeidliche Diskussion, was nur eine Ablenkung sein würde.

Sie ging in die Geschäftsleitung.

Wie am Tag zuvor waren ihre Haare und ihr Make-up glamourös, aber ihr Kleid war etwas kürzer.

Es war nicht wirklich schmutzig oder unangemessen, aber es war genug, um etwas mehr Aufmerksamkeit zu erregen.

Es gab ein Geschäftstreffen, das endete, während Julia in der Lobby wartete.

Sie verbarg ihre Verlegenheit, indem sie ihre Beine bewegte, als die alten Führungskräfte in Geschäftsanzügen ihr einen kurzen Blick zuwarfen, als sie sich dem Aufzug näherten.

Sie lächelte nur, als die Männer ihre Gespräche fortsetzten.

Als sie den Flur hinunterblickte, konnte sie Stevens in sein Büro zurückkehren sehen, weil Gott weiß, wie lange.

Sie hatte alles geplant.

Jetzt war die Zeit für Plan B.

Er wartete, bis weitere Frauen zum Zehn-Uhr-Termin erschienen.

Der große Sicherheitsmann war da, um die Frauen zu organisieren, bevor es Zeit für seinen Auftritt war.

Juliet schlug die Beine übereinander und drehte einen Fuß, was Adams Aufmerksamkeit erregte.

Sie trug eine kleine Tasche mit ihrer elektronischen Ausrüstung, stand auf und ging verführerisch auf den Wachmann zu.

"Ist der Chef da?" Sie fragte.

"Stevens?"

Juliet nickte.

"Ja, kann ich alleine mit ihm reden?"

"Du wirst bald deine Chance bekommen", sagte Adams und neckte ihn ein wenig. "Wir warten darauf, dass die anderen Mädchen auftauchen. Außerdem weiß ich über Ihr besonderes Talent Bescheid. Ja, mit einem Mund wie Ihrem bin ich sicher, dass es Ihnen eine Chance geben wird."

"Eigentlich habe ich eine Art Geschäftsprojekt. Ich bin sicher, es wird dir gefallen."

Juliet deutete auf ihre Beine und hob diskret die Vorderseite ihres kleinen Kleides, um den Strumpfgürtel und die Strümpfe freizulegen.

"Köstlich", spottete er erneut. "Du bist ein unglaubliches Paket. Du hast einen köstlichen Mund und schöne Beine. Ich wundere mich über deine anderen Talente."

"Das sind die Entdeckungen für Ihren Chef. Wenn wir zu für beide Seiten vorteilhaften Bedingungen kommen, wer weiß, haben Sie vielleicht die Möglichkeit, mich später zu testen. Bis dahin werden Sie ein guter Junge sein und dieses Treffen bekommen?"

Er nickte langsam und beobachtete dabei ihren Körper.

"Ja sicher warten."

Adams ging den Flur entlang und in Stevens 'Büro.

Das Gespräch war kurz und er kehrte schnell zurück.

Er hatte einen Hunger im Gesicht, der fast unheimlich wirkte.

"Du hast Glück, Karen", sagte er. "Der Chef erinnert sich daran, gestern von Ihren mündlichen Heldentaten gehört zu haben, und freut sich darauf, Vorschläge zu besprechen. Außerdem habe ich ihm gesagt, was Sie unten haben. Also, machen Sie weiter. Sein Büro ist da."

Sie zwinkerte.

"Dankeschön."

Juliet ging den Flur entlang zur offenen Tür.

# KAPITEL 7

Es war das erste Mal, dass sie Stevens traf, und es machte sie nervöser, als auf gewalttätige Kriminelle oder Straßenhändler zu stoßen.

Stevens war ein Mann mit tiefgreifender Macht und Einfluss auf das amerikanische politische System.

Ein Gott in der Medienwelt.

Schlimmer noch, wenn sie einen Fehler machte, stand ihre Haut auf dem Spiel, und in diesem Fall gab es keine Unterstützung der Polizei, um ihr zu helfen.

Er ging ins Büro und sah Stevens, eine große und imposante Gestalt, die hinter seinem Schreibtisch stand, nachdem er einige Dokumente weggelegt hatte.

"Ich kann die Tür schließen?" Sie fragte.

Er machte sich über sie lustig.

"Bitte tun Sie dies. Einige Geschäftsvorschläge werden privat gehalten."

Juliet schloss die Tür, nachdem sie den Flur hinuntergeschaut und gesehen hatte, wie Adams ihr zuzwinkerte.

Jetzt allein mit ihrer Beute arbeitete sie ihren Charme.

"Du bist beschäftigt, also erkläre ich es kurz", sagte er mit sexy Stimme. "Ich weiß, was Männer wie Sie wollen. Warum nicht das Gegenteil versuchen? Hin und wieder eine kleine Abwechslung."

Stevens trat vor, um sie zusammenzubringen.

"Weiter. Was genau beinhaltet Ihr Angebot?"

"Dominante Frau. Mächtige Männer lieben es, Frauen zu haben, aber das Gegenteil kann eine neue sexuelle Erfahrung sein. Haben Sie jemals das Vergnügen genossen, sich einer mächtigen Frau zu unterwerfen? Gefesselt und in den Händen einer dominanten Frau zu sein. Ich bin sicher dass viele Ihrer Freunde und Mitarbeiter es lieben werden, von mir gezähmt zu werden. Lassen Sie mich Ihnen einen Vorgeschmack darauf geben, was ich tun kann. "

"Also willst du mich fesseln?"

"Und dir die Augen verbunden", fügte sie mit einem fröhlichen Lächeln und einem aufregenden Augenzwinkern hinzu.

"Du bist die Deep Throat Frau, oder?" Fragte Stevens.

"Ich bin es und ich bin stolz darauf."

"Warum sollte ich Bondage spielen wollen, wenn ich dein bestes Attribut beweisen kann?"

Juliet zuckte leicht die Achseln.

"Ich bin sicher, du hast jeden Tag einen tiefen Hals. Warum probierst du nicht meine anderen Fähigkeiten aus?"

"Ein starker Unterhändler", nickte er. "Executive Frauen könnten wirklich von Ihnen lernen. Sie sind klug, wild und höllisch sexy. Meine Art von Frau."

Sie zwinkerte.

"Dankeschön."

"Bist du schon lange in diesem Beruf?"

"Ein paar Jahre. Es ist eine Art Nebenjob von mir."

"Was ist dein Vollzeitjob?" Ich frage.

"Nehmen wir an, ich bin ein Technikfreak und ich bin tödlich am Computer. Aber ich rede nicht gern über mein persönliches Leben."

Stevens zeigte ein bösartiges Lächeln.

Viele Männer behaupten, sie mögen kluge Frauen, aber für ihn war es wahr.

Juliet wusste, dass dies ein gefährliches Spiel war und die Einsätze stiegen.

"Klingt gut für mich", sagte er zuversichtlich. "Ich muss dich haben. Ich werde dich mit mir machen lassen, was du willst; binde mich fest, verbinde mir die Augen, fick mich. Was auch immer."

Juliet unterdrückte ihr eigenes Lächeln und behielt ihre höchste Gelassenheit bei.

Sie war eine Expertin für Knoten, und Stevens würde bald hilflos sein, wenn sie ihre CD kopierte, bevor sie sie vollständig zerstörte.

"Lass uns anfangen", sagte sie. "Ich werde die ..."

"Nicht so schnell. Nimm dein Kleid. Zeig mir deinen Strumpfgürtel. Ich habe sehr schöne Dinge darüber gehört, wie es auf dir aussieht."

Ohne zu zögern hob Julieta die Vorderseite ihres Kleides und enthüllte ihre makellosen Strümpfe und Spitzenhöschen.

Trotz der komplizierten Situation, in der sie sich befand, fühlte sie sich gut, auf diese Weise begehrt zu sein.

"Du magst was du siehst?" Fragte er mit einem Hüftschütteln.

Stevens biss die Zähne zusammen.

"Ja, ich werde dich einstellen. Aber zuerst musst du meine Regeln befolgen."

"Und wie würde das funktionieren?"

Juliet wusste genau, was dieser Mann vorschlug.

Angst lief ihr über den Rücken, aber sie weigerte sich zu zucken.

"Sei ein bisschen meine Saugpuppe", lächelte sie. "Ich möchte unbedingt deine Lippen und deinen Hals schmecken. Du bist perfekt für meinen Schwanz mit diesen hübschen blauen Augen, die mich ansehen. Ich werde es genießen, dich anzusehen und deine Haare zu reiben, während du meinen Schwanz isst."

Aufgrund der Situation, in der sich Julieta befand, zog sich ihre Muschi zusammen und sie begann zu zappeln.

Es war eine Weile her, seit irgendein Mann sie so misshandelt hatte.

Konnte sie es wirklich mit dem Mann tun, der ihre Schwester erpresste?

Ein Mann, der das widerliche Dossier heimlich aufgenommener Videos orchestriert hatte?

Niemand würde davon wissen müssen.

Wie immer gewann die gefährlichere Seite von Julia.

Er hat es immer getan.

Seine Tendenz, rücksichtslos zu leben, war der Hauptgrund, warum er mit dem größten Teil seiner Familie nie klar kam.

Sie nickte.

"Keine Spiele. Kein Unsinn. Wenn ich dich meinen Mund ficken lasse, werde ich dich fesseln und dir einen Vorgeschmack auf die wahre weibliche Dominanz geben. Wenn du meine Dienste magst, kannst du mich für dich und deine Freunde einstellen. Haben wir einen Deal?"

"Sie sind der härteste Unterhändler, den ich je getroffen habe", sagte sie, bevor sie lachte. "Sicher, wir werden sehen, was uns in den Sinn kommt."

Als der Chef eine nahe gelegene Schublade öffnete, sah Juliet eine Vielzahl von vertrauten Sexspielzeugen.

Es war eine beeindruckende Sammlung von Geräten zur sexuellen Kontrolle und Unterwerfung.

Stevens nahm einen Kragen mit dem Wort "FOX" heraus, der auf dem Leder eingeschrieben und an einem Riemen befestigt war.

Natürlich fragte er sich, ob dies dieselbe Kette war, die auch für seine Schwester verwendet wurde.

Der Gedanke war schwer zu verdauen.

"Hast du jemals eines davon benutzt?" fragte er und hielt es hoch wie eine Krone.

"Ich habe eine davon."

"Also? Hat es dir gefallen?"

"Es sind Jahre vergangen", gab er zu. "Aber ja, sie hat es genossen, wie ein Kätzchen gefesselt zu werden."

"Gute Katze. Ich werde das lieben. Jetzt geh auf die Knie."

Julieta legte ihre Handtasche auf den Tisch und ließ sich auf die Knie fallen, in der Hoffnung, dass nur ein Blowjob von ihr verlangt würde.

Aber mit so vielen Männern zu tun zu haben, schien unwahrscheinlich.

Zumindest würde es niemand jemals herausfinden, erinnerte er sich.

Sie hob ihr Kinn und erlaubte Stevens, die Kette um ihren Hals zu spannen.

Der unerbittliche Druck um ihren Hals löste Zentren des Vergnügens aus, die sie seit langem nicht mehr bemerkt hatte.

Als wäre es ein Zeichen, ballte sich ihre Muschi zusammen.

Juliet blickte von ihren Knien auf und bevor sein Schwanz in ihren Mund gestoßen wurde, bemerkte sie Zögern in Stevens Augen.

"Weißt du, etwas an dir ist mir vertraut. Ich kann es nicht identifizieren."

Sie starrte ihn tapfer an und betete, dass er ihre Identität nicht entdeckte.

In vielerlei Hinsicht waren sich Julia und Barbara ähnlich und teilten viele der gleichen Gesichtszüge.

Kurz fragte sie sich, ob sie ihr Haar in einem dunkleren Blondton hätte färben sollen.

"Ich schaue auf Ihr Nachrichtennetz", antwortete sie. "Du umgibst dich den ganzen Tag mit schönen Frauen. Ich bin sicher, dass sich irgendwann alles vermischt."

Er lächelte und lachte dann.

"Du hast recht. Jetzt öffne deinen Mund weit, meine dreckige Schlampe."

In einer sehr fließenden Bewegung ließ Stevens seinen Schwanz los, der bereits steinhart war.

Juliet zuckte zusammen, als ihr klar wurde, dass dies das erste Mal war, dass sie einen Mann während der Arbeit absaugte.

Sie glaubte, dass sie diese Fellatio auf keinen Fall genießen könnte, und bereitete sich mental darauf vor, seinen Schwanz in ihrem Mund zu bekommen.

Ohne auf einen liebenswürdigen Eintritt zu warten, war sie auf das vorbereitet, was als nächstes kommen würde.

In dem Moment, als Juliet ihren Mund öffnete, zog Stevens an der Leine und schob ihre Hüften.

In Sekundenbruchteilen war Julias Mund mit dem harten Fleisch des Mannes gefüllt und der Zugang zu ihrer Luftröhre war fast versperrt.

Es schmeckte und fühlte sich an wie jeder andere Schwanz, aber es tat es nicht.

Während ihrer Studienzeit stritten sich Julieta und Barbara häufig um Jungen, aber sie waren sexuell nie mit demselben Jungen zusammen.

Und jetzt schluckte er einen Schwanz, den seine Schwester regelmäßig gelutscht und gefickt hatte.

Und die größte Ironie war, dass er dies im Auftrag seiner Schwester tat.

Stevens schob es in seinen Hals hinein und aus ihm heraus und schlug seinen Schwanz mit großer Kraft zu.

Wenn sie nicht so festgenagelt worden wäre, hätte sie möglicherweise Mühe gehabt, aufrecht zu bleiben.

Aber er entschied sich bald für ein vorhersehbares Tempo, das es ihm ermöglichte zu atmen und aufrecht zu bleiben.

Juliet fragte sich natürlich, wer Stevens den besten Schwanzlutscher bewerten würde.

Sie hatte gesehen, wie er im Video den Mund ihrer Schwester fickte und bemerkte, dass er selbst während des Orgasmus sehr kontrolliert war.

Juliet fragte sich, ob es möglich sein würde, seine teilnahmslose Haltung zu brechen, und begann aktiv teilzunehmen, indem sie ihre Zunge um die Spitze seines Penis drehte, während er sich in ihren Mund hinein und aus ihm heraus bewegte.

Es würde nicht schaden, wenn er versuchen würde, mehr Freude an ihm zu haben, und Juliet war sich ziemlich sicher, dass sie dazu in der Lage war.

Momentan war sie in Konflikt.

Sie verspürte Schuldgefühle bei dem Gedanken, Stevens mehr zu gefallen, der sicherlich keine Sekunde ihrer Zeit verdient hatte.

Juliet war jedoch eher wettbewerbsfähig und entschied sich, die Herausforderung anzunehmen, die sie sich gestellt hatte.

In ihrer unterwürfigen Schwanzlutschposition entspannte sie ihren Kiefer vollständig und machte sich an die Arbeit.

Sie lehnte den Kopf zurück, ein Trick, den sie von einer Prostituierten gelernt hatte, und konnte ihn voll und ganz aufnehmen.

Ihre Bewegungen waren stark eingeschränkt, buchstäblich indem sie an einer kurzen Leine gehalten wurden.

Aber das war egal.

Jedes Mal, wenn er seinen Schwanz in ihren Mund schob, saugte sie mit dem perfekten Druck.

Als er aufblickte, bemerkte er, dass Stevens konzentriert blieb.

Als er sich zurückzog, tanzte ihre Zunge um die Spitze seines Schwanzes und versuchte, jedes produzierte Precum einzufangen.

Der Mann blieb stoisch.

Sie machte ein Summen in ihrer Kehle, was Stevens schließlich zum Lächeln brachte.

Die Arbeit ihres Mundes ging weiter.

Er sah, wie Stevens 'Kopf zurücksprang, als er mit zunehmender Lautstärke stöhnte.

Juliet hatte nicht einmal gesehen, wie er das seiner Schwester angetan hatte.

Wenn dies ein Wettbewerb war, gewann sie.

Das war einfacher als erwartet, und bei dieser Geschwindigkeit würde er den Chef in wenigen Minuten gefesselt haben.

Sein wachsender Optimismus wurde durch ein Klopfen an der Tür verdorben.

Sie versuchte sich zurückzuziehen, aber der Chef zog an der Leine und hielt ihren Mund voll von seinem Schwanz.

"Pünktlich", lächelte Stevens. "Ich habe Adams gebeten, zurückzukommen. Er hilft mir bei vielen Geschäften und hilft bei der Überprüfung potenzieller Geschäftspartner."

Die Tür öffnete sich und Juliet schaffte es, ihren Kopf gerade so weit zu drehen, dass der große Sicherheitsmann den Raum betrat.

Adams lächelte breit, schließlich sollte sein Traum wahr werden.

# KAPITEL 8

Stevens berührte sanft Julias Wange.

"Schau mich an. Du kannst aufhören, wann immer du willst. Tippen Sie einfach auf. Schreien Sie. Sagen Sie etwas. Dann werden Sie herauskommen. Nicken, wenn Sie verstehen."

Juliet schaffte es zu nicken, obwohl sein Schwanz in ihrem Mund steckte.

"Gut", antwortete er. "Adams, zieh dich aus."

"Mit Vergnügen, Chef", sagte der Sicherheitsmann in einem erschreckenden Ton.

Die Tür schloss sich und als Adams hinter sie trat, spürte Juliet, wie die Vorderseite ihres Kleides über ihre Taille rutschte.

Große Hände streichelten ihren Rücken, bevor sie ihren BH öffnete und ihre verspielten Titten losließ.

Julias Körper reagierte wie immer auf die grobe Behandlung.

Obwohl er sich entschieden hatte, sich von diesem Lebensstil zu entfernen, fühlte sich dies wie eine Heimkehr an.

Ihre rosa Brustwarzen verhärteten sich, noch bevor Adams dicke Finger sich daran festhielten.

Das ließ sie rot werden.

Während der Schwanz noch in ihrem Hals steckte, hob der große Mann Julia vom Boden, damit sie das Kleid unter sich herausziehen konnte.

Ihre Strumpfbänder und Höschen wurden zerrissen und beiseite geworfen.

Dann zog er ihre Fersen aus und riss ihre Strümpfe ab.

Sie war nackt.

Verdammt nackt.

Von Kopf bis Fuß, bis auf die Kette um ihren Hals.

Das Klügste war, es auszunutzen.

Er sollte sich geschlagen geben und mit dem weggehen, was von seiner Würde übrig geblieben war.

Aber Julia war stur, was ein Familienmerkmal war.

Und auf seltsame Weise war dies seine Art, mit Stevens 'Erpressungsakten Gerechtigkeit für alle zu finden.

Es war auch ihre Art, die Fehler zu korrigieren, die sie in ihrem Leben gemacht hatte: als ehemaliger Polizist und als jüngere Schwester.

Eine Form der Versöhnung.

Es ist wahr, dass die Angst und Unruhe, die sie empfand, nackt zu sein, der Gnade zweier großer Fremder ausgeliefert, sie aufregte.

Mit einem Schwanz im Mund fragte sie sich, was passieren würde, wenn ihre Muschi Flüssigkeit auf den Boden tropfte.

Stevens nahm den Angriff auf ihren Hals wieder auf.

Sein Mund war zu ausgestreckt und sein Kiefer schmerzte von den aggressiven Bewegungen.

Dank jahrelanger Erfahrung hielt sie jedoch ihre Zähne von seinem Schwanz fern.

Nach ein paar weiteren Stößen stieß Stevens einige Sekunden lang auf seinen Schwanz.

Obwohl Julieta nicht atmen konnte, blieb sie ruhig.

Glücklicherweise zog Stevens seinen Schwanz heraus und Juliet schnappte nach Luft.

"Du bist jetzt eine berufstätige Frau, oder?" Fragte Stevens, als hätte sich daraus ein Verhör entwickelt. "Niemand hat dich dazu gebracht? Du bist alleine hier, als Geschäftsfrau, richtig?"

Juliet holte tief Luft und gurgelte, Speichel tropfte über ihr Kinn.

"Lutsche ich einen Schwanz wie ein verdammter Polizist oder so?"

"Ich habe nie gesagt, dass du ein Polizist bist. Ich frage nur."

Er spuckte aus, um nicht zu würgen.

"Ich bin eine verdammte Geschäftsfrau."

"Okay dann. Adams, mach dich an die Arbeit an ihrer Muschi. Ich werde auf ihren Mund aufpassen. Wir werden sehen, ob er bricht."

Sie zogen sie an der Leine und zwangen Julia, wie ein Hund zum Sofa zu kriechen.

Stevens ließ sich nieder, ein Knie auf der Couch und ein Bein auf dem Boden.

Er tätschelte das Kissen und Juliet kletterte auf das Sofa.

Es war auf allen vieren, zwischen seinen Beinen und vor ihm.

Sie hielt Augenkontakt mit dem Chef und hörte, wie Adams sich auszog und hinter ihr stand.

Fast sofort breiteten die großen Hände des Sicherheitsmanns ihr Gesäß aus, und Juliet wusste, dass er ihre feuchte Muschi und ihren Anus genau betrachtete.

Während sie ängstlich wartete, behielt sie ein ruhiges Gesicht, damit Stevens weiterhin glaubte, sie sei eine echte Prostituierte.

Aber als Adams Finger anfingen, ihre Muschi zu untersuchen, schnappte sie nach Luft.

"Beende das Saugen meines Schwanzes", befahl Stevens. "Du machst es sehr gut".

Als sie sich im Rhythmus von Stevens 'Schwanz entspannte, der sich in ihren Mund hinein und aus ihm heraus bewegte, fragte sie sich, wie groß das Paket war, das Adams hatte.

Das Element des Unbekannten war für sie immer attraktiv.

Adams wurde hartnäckiger und neugieriger und steckte zwei dicke Finger in ihre Muschi.

"Scheiße, sie ist eng für eine Hure", murmelte er fast vor sich hin.

Der Chef lächelte.

"Dann fick sie schon."

Juliet spürte, wie Adams seine Finger zurückzog und sie durch den Kopf seines Schwanzes ersetzte.

Sie versuchte sich ein Bild von der Größe zu machen und war beeindruckt.

Es war definitiv viel größer als Stevens und sie konzentrierte sich ganz auf ihre Muschi, obwohl Stevens weiterhin ihren Mund durchbohrte.

Adams 'Eintritt in sein Loch in Not war rücksichtsvoller als erwartet.

Der Sicherheitsmann drückte sich gegen ihr Becken, rückte mit dem Kopf seines Schwanzes vor und stieß seinen langen, dicken Schwanz Zoll für Zoll weiter.

Gerade als Juliet dachte, sie könnte es nicht mehr ertragen, beugte sich Adams vor und schob sie voll hinein.

Sie erstarrte für einen Moment, als sie sich an seine massive Erektion gewöhnte und dann ihre oralen Manipulationen an Stevens wieder aufnahm.

Als Adams begann, sich in ihre stark stimulierte Muschi hinein und heraus zu bewegen, fühlte sie sich zugehörig.

"Ich kann fühlen, wie es sich ausdehnt", knurrte Adams.

"Du solltest es beim nächsten Mal mit ihrer Kehle versuchen. Ich bin sicher, der Vorstand wird sie lieben. Ich werde sie bei jedem Treffen unter den Tisch legen. Dort gehört sie hin. Auf den Knien."

In der Vergangenheit hatte Julia viele verdorbene sexuelle Handlungen genossen.

Aber zwischen zwei Männern gefangen zu sein, die auf so viele verschiedene Arten mächtig waren, war das Aufregendste.

Es war keine Frage, sie wurde dominiert und sie liebte jede Sekunde, die von der Situation abgelenkt war, als Tränen der Spannung über ihr Gesicht liefen.

Obwohl er jederzeit frei war zu gehen, fand er diese unkonventionelle Vereinigung unwiderstehlich.

Beide Männer benutzten es zu ihrem eigenen Vergnügen, und infolgedessen spürte Juliet, wie sich ihr Körper anspannte und sie sich darauf vorbereitete, sich zu befreien.

Stevens 'Schwanzbewegungen wurden hektischer und sie wusste, dass er auch nahe war.

Währenddessen hatte Adams eine tolle Zeit mit ihrer Muschi.

Immer härter schlagen.

Seine Schläge wurden intensiver und dringlicher, als seine Finger tief in ihre Hüften gruben.

Die süße Reibung seines Schwanzes, der in ihren Tunnel hinein und aus ihm heraus segelte, brachte sie schnell zu einem schwindelerregenden, feuchten Höhepunkt.

Plötzlich brach sie und spürte, wie sich ihre Muschi gegen die dicke Stange zusammenzog, als er sie aufspießte.

Krämpfe schüttelten ihren Körper, als sie versuchte zu stöhnen, wurde aber von dem Schwanz in ihrem Mund gedämpft.

"Fuck yeah bitch. Komm schon mein Schwanz", knurrte Adams.

Juliet schämte sich und war gleichzeitig begeistert.

Er trug diesen emotionalen Umhang bequem.

Es war lange her, dass sie einen so starken Orgasmus erlebt hatte und sie wusste, dass es schwierig sein würde, wieder von diesem unglaublichen Vergnügen wegzukommen.

Am Ende machte sie eine große nasse Sauerei auf dem Ledersofa und dem Boden von dem harten Jet, den sie ausgestoßen hatte.

Sie war sich sicher, dass es niemanden interessieren würde, außer dem, der für die Reinigung des Büros verantwortlich war.

Stevens stotterte:

"Ich werde meine Ladung in seinen Mund schießen. Adams, bist du bereit?"

"Ich war von dem Moment an bereit, als ich sie traf."

Beide Männer zogen ihre Schwänze aus Julietas gebrauchtem Körper und drehten sie herum, um sie anzusehen, während sie vor ihr standen.

Julieta warf den Kopf zurück und öffnete den Mund, während beide Männer sich streichelten, bis sie ejakulierten.

Die salzigen Düsen beider Männer bedeckten ihre Zunge, ihren Mund und ihren Hals.

Das Spritzen schien endlos.

Irgendwie gelang es ihm, die Anklage zu schlucken, als die Flut weiterging.

Sie war erstaunt, dass sie sich nicht übergeben hatte.

Als die Orgasmen der Männer vorbei waren, fiel Juliet in einer mit Sperma gefüllten Benommenheit zu Boden.

Er schnappte nach Luft durch seinen mit Sperma bedeckten Mund und bemühte sich, sich genau zu erinnern, warum er dort war.

Die beiden Männer standen auf ihr, ihre nassen, schlaffen Schwänze baumelten.

In diesem Moment konnte er ihre Worte kaum verstehen oder wer sagte was.

"Was für eine wundervolle Scheiße. Sie ist eine echte Schwanzlutscherin."

"Die beste Muschi, die ich seit langer Zeit hatte. Und sie hat einen tollen Arsch. Ich denke, sie könnte hier eine Position als Nachrichtensprecherin haben."

Juliets Gedanken schwebten in ihrem postorgasmatischen Nebel und dachten an ihre Schwester und den wahren Zweck ihres Besuchs.

Er beobachtete die Männer, die auf ihre nackten Körper und rosigen Brustwarzen starrten, zusammen mit dem Schweiß auf Brust und Stirn.

Stevens beugte sich vor, um die Leine zu entfernen, und dann konnte er wieder bequem atmen.

# KAPITEL 9

Zu seiner Überraschung hielt Stevens sein Wort.

Sie waren beide völlig nackt im Büro und sie hatte ihn völlig bewegungsunfähig gemacht.

Als Knotenexpertin wusste sie, wie man einen großen Kerl unterwirft.

Nachdem sie ihm die Augen verbunden hatte, schob sie ihr zerrissenes Höschen in ihren Mund.

Nackt griff sie nach ihrer Tasche und rannte zum Schreibtisch.

Er zog eines seiner Telefone heraus und steckte es in den Server.

Als er Zugriff auf die Festplatte hatte, bemerkte er, dass alle geheimen Kameras aktiv waren und aufzeichneten.

Er griff im selben Büro auf die Kamera zu und spulte das aufgenommene Material zurück.

Julieta sah sich in einem Video saugen und saugen, während sie von einem Riemen kontrolliert wurde.

Sie übersprang das Video etwas weiter und sah, wie sie von hinten gefickt wurde, während sie an Stevens 'Schwanz saugte.

Es war ein bisschen peinlich zu sehen, wie sie von diesen beiden großen, dominanten Männern eingeklemmt und gefickt wurde.

"Arschloch", murmelte er.

Er erkannte, dass die Zeit entscheidend war, als er Stevens durch den Knebel schreien hörte.

Sogar mit verbundenen Augen erkannte er, dass der Chef wusste, was geschah und was mit der Einheit geschah.

Nachdem er eine digitale Kopie von allem erstellt hatte, steckte er sein anderes Telefon ein und blieb eine Minute stehen, während die gesamte Festplatte vollständig zerstört wurde.

Seine Arbeit war erledigt.

Alles, was er tun musste, war zu fliehen, aber er konnte nicht anders, als einen letzten Blick auf diesen Erpresser zu werfen.

Sie wandte sich an Stevens.

Zu diesem Zeitpunkt war sie es gewohnt, im Büro nackt zu sein, und beugte sich vor, um sich auf die Schulter zu klopfen.

"Danke für den heißen Fick", sagte er in ihr Ohr. "Mach dir keine Sorgen, ich werde die Tür leicht offen lassen, damit dich jemand finden kann. Bis dahin bin ich weg und du wirst mich nie wieder sehen. Und fürs Protokoll, das hat sich gelohnt."

Nachdem Julieta ihn auf die Stirn geküsst und ihn mit aller Kraft kämpfen sah, zog sie das Kleid an.

Sie zog ihre Fersen an und eilte aus dem Büro.

Obwohl sie taumelte, entkam sie ohne Probleme.

# EPILOG

Als er bereits vom Gebäude weg war und die belebte Stadtstraße entlang ging, bemerkte er, dass sein Atem nach Sperma stank.

Zwei riesige Ladungen würden das jedem Mädchen antun.

Aber als sie ihre Tasche fest umklammerte, stellte sie fest, dass sie einen großartigen öffentlichen Dienst geleistet hatte.

Obwohl dies ein befriedigender Gedanke war, konnte er nicht leugnen, dass das warme Leuchten dieser sexuellen Begegnung sehr überraschend gewesen war.

Vielleicht war es an der Zeit, seine Ausrüstung abzuwischen und in die rauen Sexclubs zurückzukehren, um etwas Dampf abzulassen.

ENDE

www.ingramcontent.com/pod-product-compliance
Lightning Source LLC
LaVergne TN
LVHW091102150826
845673LV00002B/683